スワン
女性秘匿捜査官・原麻希

吉川英梨

宝島社文庫

宝島社

目次

装丁／吉田俊樹（accord　graphic）
DTP／ユーホー・クリエイト

スワン

女性秘匿捜査官・原麻希

プロローグ

最近、休日には八歳になる娘の菜月《なつき》と、西麻布《にしあざぶ》にあるセレブ御用達《ごようたし》の会員制スパに行くのが日課になっていた。

外苑《がいえん》西通り沿いに最近オープンしたビルの最上階に、そのスパはある。屋上には東京の夜景が一望できる露天風呂付きのスパ、その下の階にはエステサロン、さらにその下はスポーツジムになっている。

正直、月二万円の会費は痛い。しかし菜月にどうしても行きたいとおねだりされ、十歳未満の子供は無料だというので、つい会員になってしまった。

今日は日曜日ということもあってか、混雑している。しかしエステで体を磨き、スポーツジムで汗を流し、摩天楼を見下ろす最上階で、素っ裸でジャグジーにつかるなどという優雅なことをしていると、思わず自分の職業を忘れてしまう。

職場での私は、みすぼらしい。

青いズボンに長靴を履き、ズボンの裾は長靴のなかに詰め込んでいる。そしてズボンと同じ色の青いジャケットを羽織り、その下はいつ捨ててもいいようなぼろいティーシャツ。髪の毛は後ろで一つに縛っている。間違ってもバレッタとかシュシュといった飾り物は付けない。ピアスや指輪、ネックレスは禁止。基本ノーメイク。手にはピンセットかルーペ。たいがいゴム手袋を着用していて、カメラを持って死体写真を撮ることもある。そして頭には会社のロゴが入った、ださい帽子をかぶっている。ＭＰＤ――警視庁のロゴと、そして「鑑識課」の文字が刺繍《ししゅう》された帽子である。

私はジャグジーからシャワールームへ移動し、ボディソープで洗いながら、何度も体のにおいをチェックした。

昨日の死体は最悪だった。死後数週間経過した腐乱死体で、自殺と見られた。死体発見現場であるごみが散乱した室内は、ゴキブリやゲジゲジ、ウジ虫、蠅《はえ》、ネズミの巣窟と化していた。

じゃんけんで負けてしまった私は、所轄の刑事と一緒に遺体を下ろす作業を手伝うはめになり、腐乱して皮膚がぶよぶよになった遺体に背中から抱きついた。マスクをしていたし、息を止めてはいたが、皮膚がその悪臭を吸ったのは間違いない。

私はそれから何度もローズの香りがするボディソープで体を洗ったが、どれだけ洗ってもにおいが残っているような気がしてならない。

娘の菜月がミストサウナから出てきた。頭にタオルを巻き、わざと首に後れ毛を垂らしている。まだ八歳だというのに、うちの娘はませている。

「ママったら、また体洗ってる。お肌傷つけちゃうわよ」

「大丈夫よ、あとでローションたっぷりつけるから」

「家だとケチケチ使ってるのに、ここだとタダだからって。お先に〜」

「あ、ちょっと待ってよ！」

　私は慌てて体を洗い流し、ロッカールームへと急いだ。

　菜月はもう体を拭き終わって、子供用のピンク色のバスローブを羽織っていた。そしてパウダールームで頬に化粧水を丁寧に塗り込みながら、携帯電話をいじくっている。

　まだ小学校二年生になったばかりの八歳の娘が携帯電話を持っているのはどうかと思ったのだが、それよりもやはり、また事件に巻き込まれたらという心配が勝った。

　菜月はいまから一年くらい前に誘拐され、人質として一週間ほど監禁された。菜月を誘拐したのは、警察組織壊滅をうたう過激派テロ組織・背望会《はいぼうかい》だった。

　普段は、菜月と半分血のつながった兄・健太《けんた》――夫の連れ子で現在二十六歳。私とは十しか年が違わない――が菜月の面倒を見ている。

　あのときは健太まで一緒に誘拐されてしまった。だから事件が解決したあと、万が一のことも考えて、菜月にも携帯電話を買い与えたのだった。

風呂上がりのせいだろうか、それとも――菜月はかすかに頬を赤らめて、まるで恋人とメールでもしているような表情をしている。

彼氏でもできたのだろうかと心配になり、私は慌てて体を拭いて、バスローブをまとって菜月のところへと向かおうとした。するとロッカーにしまっていたジーンズのポケットから、警察手帳がぱたりと足元に落ちた。

すぐ隣で体を拭いていたセレブママが、足元の桜の代紋《だいもん》を目でとらえ、一瞬こちらを見た。私は適当に愛想笑いをすると、慌てて警察手帳をロッカーの奥深くにしまい、菜月のもとへと急いだ。

菜月はよほどメールに夢中になっていたのか、私が背後にいることに気がついていない。小さな指先で素早くメールを打っている。ちらりと文面をのぞき込むと、ハートマークや花のマークなどの絵文字が躍っていた。

『まじ、イケメンなの。しかもチョーやさしいの。もう頭のなかからはなれないヨ』

「……なっちゃん、どういうこと？　好きな人、できたの⁉」

思わず叫んだ私に、菜月は慌てて携帯電話を閉じた。

「ちょっと、やめてよ！　プライバシーのしんがいよ」

「何がプライバシーよ。誰なの？　なっちゃんの初恋の相手は」

「ないしょー」

菜月の口元はうっすらと緩んでいる。本当は話したくて仕方ないのだろう。

「ねえ、教えてったら～」

菜月の小さな肩を揺さぶる。

「そんなことより、ママ、さっきまた手帳落としたでしょ。中身見られた？」

「中身って？」

「名前と階級が書いてあるとこ。『警視庁巡査部長・原麻希《はらまき》』って」

菜月が私の氏名を、〝腹巻き〟のイントネーションで言った。

「だから、ママのことをフルネームで呼ばないで。そんなことより誰なの、なっちゃんの初恋の相手は。クラスメートの壮太《そうた》君？　かわいいよね、あの子」

「いやだ、あんな子猿みたいな男」

「え、違うの？　じゃあ、海斗《かいと》君かな？　クールなイケメンで、サッカーもうまいんでしょ？」

「ありえない。あんなガキ」

菜月が首筋にまで乳液を塗りたくりながら、顔をしかめる。

「私のことより、ママのほうはどうなってるわけ？」

「どうなってるって、何がよ」

「パパとのことに決まってるでしょ？　大丈夫なの、最近」

娘の鋭い指摘を受けて、私は答えに窮した。本当にこの子は八歳か？　なんだか丸の内のOLと話しているような気分になる。

私と、私より十八歳上の夫・原則夫《のりお》とは、入籍してもう九年目になる。しかし、私たちの結婚生活には七年間の空白期間があった。

菜月にはまだ詳しく話していないが、夫は警視庁公安部外事課に所属する刑事である。外事課ではおもに日本国内に潜伏している海外のテロリストの取り締まりを行なうが、夫はさらにその上をいく危険な仕事――潜伏中の海外テロリストたちの資金の流れを追っている。昨年は防衛省に武器や装甲車などを卸している日本企業の営業マンを装い、中東の危険地帯にまで赴任していたらしい。

海外の諜報機関とは違い、日本の公安刑事は潜入捜査をせず、情報提供者を育てて情報を得ることが多い。しかし、夫はかつてその情報提供者の育成に失敗した過去があり（それを機に私と夫は出会ったのだが）、それからは自ら潜入捜査に入ることが多くなった。その場合、場所が中東だろうが相手が外国人テロリストだろうが、命をかけて対峙《たいじ》することになる。だから妻子を巻き込みたくない。よって私たち家族は昨年まで、夫がそんな危険な任務のために帰宅できずにいたことを、まったく知らなかったのだ。

夫とはできちゃった結婚だった。恋愛期間も新婚期間もなかったも同然で、すぐに菜月が生まれたため、私は夫が帰らないのはほかに女がいるからだと思っていた。その誤解がようやく解けたのは、昨年の、菜月と健太が巻き込まれた背望会連続テロ事件が解決したあとのことだった。

夫は中東での職務を終え、昨年の夏からは日本で仕事をしている。頻繁に自宅に帰るようになったのはよかったのだが――この七年間、ほとんど家にいなかった人なのだ。私も健太も、そして菜月も、夫が家にいる状態にまだ慣れていない。

「それにしてもパパったら、どうしちゃったのかしら？　これまで年に一回か二回くらいしか家に帰ってこなかったのに、最近はほぼ毎日帰ってくるじゃない。なんか、調子狂っちゃうわ」

菜月がクリームを目尻に丁寧に塗り込みながら言う。

「そんなこと言って、本当はパパの膝で甘えたいんじゃないの？」

「そうしたほうがいいのかなぁって思うんだけど。遠慮があるのよね、あの人は、娘に対して」

「ほぉ……」

「それは、妻に対してもそうなんじゃない？」

菜月が鏡越しに、意味ありげに目を合わせながら言う。

「人の心配より、自分の恋愛の心配しなさいよ」

菜月はそう言って椅子から飛び降りると、「お先に〜」とパウダールームを出ていった。

それから私と菜月は新宿に向かい、義理の息子の健太と待ち合わせをして、ファミリーレストランで早めの夕食をとった。本物のセレブ一家なら六本木界隈の高級レストランで夕食なのだろうが、地方公務員夫婦の私たちはそうはいかない。今日はスパの会費の二万円を払ってしまったし、明日は携帯電話の代金の引き落としがあるので、節約しなければならない。

食事を終え、新宿から京王線の特急電車で十五分ほどである自宅の最寄り駅、調布《ちょうふ》駅に到着したころには、もう午後八時を過ぎていた。

夫が今日帰宅するのか、夕食をどうするのかは、連絡がないのでわからない。それならばこちらから必要の有無を尋ねるべきなのだが、私たちはこの七年間、そういうやり取りをいっさい持たなかったため、いまさら聞けずにいる。

改札を出たところで、菜月が健太を振り返って言った。

「ねえ、ル・ブランシェール寄ろうよ」

「何それ。新しいスイーツのお店?」

ケーキならまだ食べられるかも。私は菜月の提案に食いついた。

「違うわよ。パン屋さん。あそこの食パン、めちゃウマなのよ。ね、健ちゃん?」

健太は耳を少し赤くして、言った。

「あのパン屋は八時までだよ」

「なーんだ。つまんないの」

どこか冷やかすように言った菜月の頭を、健太がぐしゃぐしゃとなで回した。

駅から徒歩十五分ほどの住宅街にある一軒家に到着したのは、午後八時半を過ぎていた。

部屋には明かりが見える。そして、キッチンで回っている換気口から、何やらスパイシーなにおいが漏れてきている。

ダイニングへと向かうと、夫が健太愛用のエプロンを着用し、カレーの入った鍋をかき回しているところだった。

「お帰り。たまには夕食でも作ってみたよ。お腹すいてるでしょ?」

私と健太が思わず黙ったままでいると、菜月がダイニングテーブルのほうへ走っていき、椅子に駆け上がった。

「おいしそー!　菜月、パパの手料理初めて。腹ペコだったの、早く食べたい!」

強引に胃袋に詰め込んだカレーライスがせり上がりそうなまま風呂に入った私は、

風呂場を出て夫婦の寝室へと向かった。夫はベッドの上に寝転がり、テレビを見ている。ダブルベッドの夫の隣に遠慮がちに滑り込むと、夫は場所を空けながら、ぽつりとつぶやいた。

「本当は食べてきてたんだよね、夕食」

「……え？」

「無理に食べなくてよかったのに……」

「……ごめんなさい、言えなくて」

「いや、いいんだよ。そもそも夕食をどうするのか、携帯で先に連絡をつけておくべきだったよ。僕こそ小さな菜月に気を遣わせて、ダメな父親だよ」

「でもおいしかったわ、カレー。料理、意外と凝るタイプなのね。知らなかった……」

夫はそれを聞くと寂しそうに笑った。テレビでは、若手のお笑い芸人が何人も集まってコントをしていた。わざとらしい笑い声がうるさく寝室内に響き渡るが、夫も私もテレビのボリュームを下げる気にはなれなかった。

「——そういえば、菜月、好きな男の子ができたみたいよ」

「へえ、そうなの」

夫の返事はそっけなかった。

「誰だか教えてくれないんだけど、けっこう入れ込んでる感じがする。友達にメールであれこれ書いてて――」

夫はテレビを目で追ったまま、黙って相槌《あいづち》を打っている。

「――ねえ、聞いてる？」

「うん、聞いてるよ。なっちゃんの初恋の話」

夫が軽く微笑みながら答える。

「心配にならない？　娘を持つ父親として」

「心配だけど……何かすべきなのかな？　なっちゃんの恋愛に関して」

「何かするとかしないとかの問題じゃなくて――」

そこまで言って、私は口を閉ざした。夫に言いたいこと、やってほしいことが数珠つなぎになって出てきて、責めてしまいそうだったからだ。

菜月の学校行事に参加してほしい、買い物にも付き合ってあげてほしい、宿題の丸付けをして、わからない問題を解説してあげてほしい――。

しかし、ちまたの主婦たちが毎日夫に言っているであろうその言葉たちはいつも、私の口から出る前に、〝七年間の空白〟に飲み込まれてしまう。

「麻希ちゃん？」

夫が私の顔をのぞき込む。私は疲れたふりをして、あくびをして逃げた。

「もう寝るわ――」

深夜のせいか、テレビでは同じＣＭが何度も流れていた。クレジットカードのＣＭだ。

長らく連れ添っているのにすれ違いが続き、気がつけば関係がすっかり冷え込んでしまったあるひと組の夫婦。彼らがクレジットカードを使って海外旅行を満喫し、再び相手と向き合う――ＣＭはそんな内容で、三十秒で夫婦の破綻と再生を見事に表現していた。

出会い、プロポーズ、結婚、子供の誕生、多忙、夫婦喧嘩《げんか》、すれ違い、ほかの女に惹《ひ》かれる夫、子供の教育に血眼になる妻、子供の入学式でもどこか距離を空けて立つ夫婦――そんな絵がコマ送りのように次々と挿入されて、離婚届を前に泣き崩れる妻と、激怒する夫の絵が続く。

そんな二人がぎこちない雰囲気のまま飛行機に乗り、海外旅行に出かける。行く先先で接する雄大な自然や驚きの発見を共有し、少しずつ笑顔が増える。肌を触れ合わせ、笑い転げた夫婦は、やがて洋上の向こうに消える夕日を見つめて考える――。

〝初めてキスした日のことを、覚えていますか？〟

そんなテロップが画面いっぱいに現われると、妻は夫の手に自分の指を絡ませ、夫は思わず妻を抱き寄せる――。

突然テレビの画面がぶちっと途切れ、暗くなった。夫がリモコンで電源を切ったのだった。

「おやすみ」

夫の温かな手がふわっと私の髪をなで、すぐに離れた。

浅い眠りのまま、六時ごろ目が覚めてしまった。隣の夫はこちらに背を向け、静かに寝息を立てている。私はそうそうに一階のキッチンに下りた。

まだ六時前だというのに、朝食の準備は済んでいた。鍋のなかにはコーンスープ、サラダボウルにはサラダ、フライパンはすでにコンロの上に置いてあり、いつでもベーコンエッグを作る準備ができていた。

そしてそれらの準備を済ませた健太が、リビングのソファで菜月の連絡帳を書きながら、誰かと電話をしていた。

健太は私の姿を見て慌てて起き上がると、「あ、ごめん。ちょっと、またかけ直す。うん、お昼くらいだよね」と言い、何度か相槌を打つと、優しく恥ずかしげに「バイバイ」と言って通話を切った。そして私に向き直る。

「どうしたの麻希ちゃん。まだ六時だよ。今日遅番でしょ？」

「そっちこそ、いつからそんなに早起きになったのよ」

「いや、ま、コーヒーでも飲みなよ」

ごまかすように、健太は食器棚から私専用のマグカップを取り出した。

「――わかった。ル・ブランシェールね」

「え⁉」

「パン屋の彼女でもできたんでしょ。パン屋さんて、朝早いものね。四時には仕込みを始めて、いまごろはパンを焼いている時間かしら？　オーブンをのぞきながら彼氏と電話するってわけねぇ」

「ハハハハ。麻希ちゃん、さすが刑事だね」

「いつから付き合ってるの？」

「――まあ、そのうち話すよ」

「何よ、それ」

「そんなことよりさ、お父さん、朝食いるのかな？」

「……え？」

「麻希ちゃんのシフトはわかってるけど、お父さんのはよく知らないからさ。お父さんも一緒にご飯食べるなら、ベーグルもう一つ用意しておくけど」

私が答えに窮していると、健太は心配そうな顔つきになって、言った。

「――大丈夫なの？」

「……何が？」

健太は父親とよく似た表情で私から目をそらすと、ぽつりと言った。

「ま、僕があれこれ言うことでもないけど。夫婦の問題だしね」

そこへ、私の携帯電話が鳴った。ディスプレイには思いがけず『広田達也《ひろたたつや》』とある。

広田達也とは、警視庁公安部公安一課の刑事だ。私と同期であり、同じ大学の同級生であり、そして、かつて私の婚約者だった男である。

昨年、菜月と健太の誘拐事件から始まった背望会連続テロ事件を、達也と二人で解決に導いた。その後は数えるほどしか連絡を取り合っていなかったが、彼のお出ましということは、またテロ関連の事件だろうか。私は少し緊張して、電話に出た。

「よぉ、起きてたか。女秘匿捜査官・原麻希巡査部長」

達也が私の妙なあだ名を、揶揄《やゆ》して言った。普段はこんな茶化したようなしゃべりかたをする人ではない。上機嫌なのか、妙にテンションが高い。

「どうしたの？　こんな朝早くから」

「背望会リクルーターが動き出したぞ」

その言葉を聞いて、背筋にざざっと悪寒が走った。

背望会リクルーターとは、一九九〇年代に一度壊滅した背望会を、数年後に人員をリクルートして再復活させた、背望会の本当の黒幕と推測されるテロリストだ。昨年のテロ事件の際に背望会のテロリストは一斉検挙されたが、唯一取り逃がしてしまったのがその〝リクルーター〟だった。

リクルーターの行動は大胆不敵だった。彼のリクルート活動は警察組織内にも及び、私や達也の目の前にも姿を現わしたことがあった。

身長百八十センチを超す長身に屈強な体つき、端正な顔立ち、額の真んなかから少し左にずれたところにある大きなホクロ。右目の白目部分には、茶色の色素沈着あり――リクルーターに関してわかっていることは、この外見的特徴だけだった。本名も生年月日も本籍地も指紋もＤＮＡも、現在、警察がつかめている情報は何もない。

電話の向こうで、達也が興奮気味に続ける。

「リクルーターの指紋を採取できたんだ。これからお前の職場で前科者データと照合する。すぐに来い！」


私はそのまま家を飛び出して、午前七時には桜田門《さくらだもん》の警視庁に到着した。

所属先である警視庁刑事部鑑識課第一現場係では、同僚の溝口麗華《みぞぐちれいか》鑑識課員がパソコンの前に座り、リクルーターの指紋の照合をしているところだった。

私よりひと回り年上の溝口鑑識課員は、階級こそ私と同じだが大ベテランで、鑑識オタクと言っても過言ではないほどの仕事大好き人間だ。そういえば、ここ一カ月、休んでいるのを見たことがない。非番の日は絶対に会社に来ない私とは大違いである。その溝口鑑識課員の周りをぐるりと囲むようにして、達也をはじめとした公安部公安一課の刑事たちが立っていた。達也は今日も流行《はや》りのスリムな紺色のスーツを着ている。清潔感のある短髪は相変わらずだが、昨晩は突然の泊まりだったのか、ひげが少し伸びていた。

「どう？　指紋の一致はあった？」

「まだだ。なかなか手強いぞ。だが、絶対に追い詰めてやるさ」

達也が口角を上げてにやりと笑い、所定の紙にプリントアウトされた五つの指紋を私に見せた。

昨年の背望会連続テロ事件で逮捕された数十人のテロリストと、すべてを計画し指揮していたとされるテロリスト・通称〝アゲハ〟は現在裁判中の身のため、東京拘置所に拘留されている。しかし、事件から一年近くになる現在でもアゲハは黙秘を貫いており、リクルーターの素性が証言されたことはない。そのほかのテロリストたちは、リクルーターの存在は知っていても、実際に会ったことがある者はいなかった。よほど彼は手の届かない存在であったに違いない。

その、背望会の本当の黒幕ともいえる重要人物の指紋を手に入れたのだ。これは大躍進である。

「いったいどうやって指紋を手に入れたの？」

「大阪ミナミの裏カジノ摘発で、偶然引っかかったらしい」

「――裏カジノ？」

テロリストが裏カジノ……つながらない気がする。

「摘発の際、リクルーターは隠し扉の奥にあった秘密の部屋で、上海マフィアと商談中だった」

「え？　つかまえたの⁉」

「逮捕できてたら俺たちがいま東京にいると思うか？　ったく大阪府警のバカモノが、まんまと逃げられたらしい。三日前の話だ」

「三日前か……。しかも摘発から逃れたんだったら、もう大阪にはいないでしょうね」

コンピューターによる前科者との指紋照合が終わった。すべて、不一致だった。

「ダメか――」

達也がうなだれた様子でつぶやく。

「いちおう管内で起こった事件関係者の指紋とも照合してみましょう」

溝口鑑識課員がパソコンをたたきながら言う。

私は検出された指紋を目視した。指先の指紋が五つ。形状からして、親指から小指まですべてそろっているように見えた。

「グラスか何かをつかんだときの指紋ね」

「ああ。接待していたカジノの店員によると、右手でグラスを持っていたというから、右手の全指の指紋だ」

「——右手？　なんか変よ、それ」

　私は自分の席の引き出しから専用のルーペを出し、指紋の細部を再度確認した。

「——やっぱり。この渦巻状の指紋、全部左巻きになってる。通常、渦巻指紋を持ってる人の左手は左巻き、右手は右巻きよ。これまで例外を見たことはないわ」

「じゃあ、裏カジノの店員が左手と右手を間違えたんだろ」

「現場写真、ないの？」

　達也の部下である公安一課の一人が手に持っていたファイルをめくり、私に見せた。そこは窓のない部屋で、派手に装飾されていた。少し室内が煙っているように見えるのは、紫煙の残物だろう。高級そうなグラスやボトルが絨毯《じゅうたん》の上に落ち、染みを作っている。大阪府警の組織犯罪対策部の刑事たちが踏み込んだあとの混乱の様子がうかがえる。

「リクルーターは右端のソファに座っていたそうだ。これが、あいつが飲んでいたグラス」

　グラスの中身はただの水だったという。量も減っていない。

「ＤＮＡの話が出てないってことは、指紋しか検出できなかったってことね？　つまり、リクルーターはグラスを受け取りはしたものの、出された水にも口をつけず、何もオーダーしなかった」

「そういうことだ」

「水に口もつけないなんて、自分の痕跡が残ることに相当神経をすり減らしているように見えるけど、指紋ははっきり残しているのね」

「だからなんだ」

「おかしくない？　右手なのに左巻きの指紋だっていうのも」

「細かいところを気にしすぎだ。いいから、お前も溝口さんを見習って黙って照合作業を続けてくれ。結果がわかったら携帯鳴らしてくれよ！」

達也はそう言うと思い切り私の背中をたたき、鑑識課フロアを出ていった。


指紋の持ち主が判明したのは、それから三時間後のことだった。

指紋一致と出た人物のデータが、パソコンに表示される。様子を見守っていたフロアの鑑識課員たちも、パソコンの前にぞろぞろと集まってきた。

「おいまじかよ――。これはちょっと、やばいんじゃないの……？」

パソコンに表示されたデータを見た鑑識課員がざわめいた。画面には、ある警察官のデータが映っている。背望会リクルーターの指紋が、現役の警察官の指紋と一致したのだ。

「庄原康介《しょうばらこうすけ》。所属、奈良県警五條南《ごじょうみなみ》警察署地域課。階級、巡査――」

誰かがその名前を読み上げる。

「これが、背望会リクルーター……」

「まさか……黒幕が警察官だったってことですか？」

溝口鑑識課員の問いに、庄原巡査の顔写真を確認した私は即座に否定した。

「違う。彼じゃないわ。顔も体格も、全然違う。目印の額のホクロもないし」

いつの間にか、鑑識課長が話に入ってきて言った。

「整形したんじゃないのか？　面が警視庁に割れてちゃ逃亡にもひと苦労だろう」

「警察官が整形なんて、聞いたことないですよ」

そう言いながら私は、パソコンに表示された庄原康介巡査の経歴をスクロールした。

「――ちょっと待って。この人もう、死んでる……」

たしかにそこには、今年の四月二十六日に、配属先の奈良県警五條南警察署管内、海天村外野地区《あまてむらそとのちく》駐在所勤務中に滑落事故死と記してあった。その場にいた全員が顔を見合わせる。今日が五月十八日だから、四月二十六日とは三週間近く前のことになる。

三週間前に奈良県で滑落死した人間が、三日前に大阪ミナミに姿を現わしたということ――？

「とにかく、広田警部に連絡する」

私は目の前の受話器を取り、達也にその結果を告げた。

一時間後、達也の直属の上司である公安一課長が、わざわざ鑑識課長のもとへやってきた。そして私のほうをちらちらと見ながら、何やらひそひそと話している。

いやな予感がしたら、案の定だった。鑑識課長が私を呼びつける。

「原！　明日から奈良出張だ。詳しくは公安一課の広田警部に連絡を」

チャプター1　奈良県警巡査遺体損壊事件

翌日、私と達也は朝いちばんの新幹線に乗り込み、奈良県へと向かった。

達也は新幹線に乗り込んですぐに駅弁と奈良県の地方新聞を買うと、おもむろに弁当を食べ始めた。

「――お前、朝ご飯食わないのかよ」

「おうちで食べてきたもん。健太が作ってくれた」

「いいな。自宅にかいがいしく世話してくれる主婦がいてくれて。……しかし菜月ちゃんは大丈夫か？　また背望会が動き出したと聞いて、怖がっているんじゃないか？」

「菜月には詳しいことは話してないわ。まだあの子は去年の事件を整理しきれていないもの」

昨年の背望会テロ後、私は何度か菜月を臨床心理士のもとへ連れていったのだが、彼女はいまだに事件のことを自分の口から語ろうとはしない。担当医からは、拉致監禁されていた日々を自分のなかで認識し、消化しない限り、今後ＰＴＳＤやパニック障害などの症状が現われるかもしれないと言われていた。そんな菜月に、また背望会が動き出したことなど、言えるはずがなかった。

「もし必要なら、公安から何人か護衛を出すことも可能だが」

達也が心配してくれたが、私は首を横に振った。

「大丈夫。護衛ならいるから」

「ああ、旦那の原刑事か」

「うん。一週間休み取るって張り切ってた」

「そら心強いな」

「彼、去年のテロのときにそばにいられなかったことに、いまでも罪悪感持ってるのよ」

「そうか。まあ、七年の空白を乗り越えて――夫婦がうまくいってるならよかったよ」

達也が新聞をめくりながら言う。返事をせずにいると、達也が私の顔をのぞき込んだ。

「なんだよ、その微妙な反応」

「えっ。べつに……」

私は話をそらしたくて、達也が広げた新聞記事に目を落とした。そこに『関西州構想』という大きな見出しが見えたので、達也に尋ねる。

「ねえ、この『関西州構想』って何？」

「知らないのかよ、お前。いま奈良県は県知事選真っただなかだろ」

「そうなんだ」

「これから奈良に入るんだから、地域情報くらい頭に入れておけよ」

新聞は一面を大きく使って、『激突！　奈良県知事選』と伝えている。そこには『改革派・須崎《すざき》八太郎《やたろう》vs.超保守派・櫛田《くしだ》信正《のぶまさ》』とあった。中央には銀髪七三分けの政治家然とした初老の男の写真と、パーマをかけた茶髪にスカーフを巻いた姿の、ＩＴバブル期の起業家のような雰囲気の若手政治家の写真が掲載されている。

達也が解説する。

「現職の奈良県知事の須崎はどこの政党にも属してない政治家だけど、大阪府知事と仲良しで、同じ関西統合連盟に入ってる。で、革新派の大阪府知事が掲げているのが、この『関西州構想』だ。要は、お国に地方の財政難を訴え続けても無策だから、近隣府県を合併して東京に対抗しよう、という考えかただ」

「へえ～。市町村合併なら一時期よく耳にしたけど、今度は府県をくっつけちゃうわけ」

「ああ。参加表明しているのが大阪と奈良、兵庫、京都だ。規模も人の数もでかくなれば、それだけ国から予算をもぎ取れるし、企業などの誘致もしやすくなるだろ。景気の底上げを国に期待しないで地方から、っていうスタンスってことだ」

「まさに革新派ってわけね。この須崎って県知事は」

私はそう言って、スカーフを巻いた起業家っぽい男の写真を指差した。

「違う。これは櫛田。関西州構想反対の、超保守派」

「えっ？　こんな、政治家にしては革新的な格好をしておいて？」

「そう。〝故郷を死守する〟をモットーに、奈良県のどっかの田舎の村長をずっと務めていたやつらしい。パフォーマンスは派手でも、訴えていることはだいぶ地味だがな」

「で、いまのところどっちが優勢なの？」

「さあ。投開票はまだ先の話だし、派手好きパフォーマーの櫛田が珍しく表に出てこないんで、どぶ板選挙で従来どおりの活動をしている須崎サイドは戦々恐々としているらしい」

「ふうん……」

と気のない返事をすると、達也がぷっと吹き出した。

「——何よ」

「興味がないのに聞くなよ」

「興味あるわよ。だから聞いたんでしょ」

「話をそらしたかっただけだろ。昔からお前、政治の話は大嫌いだったじゃないか」

「……」

そうこうしているうちに、新幹線は京都駅のホームに滑り込んだ。そこから近鉄線に乗り換えて約一時間、ようやく私たちは奈良市の中心部である近鉄奈良駅に到着した。

駅構内にはご当地ショップが連なり、奈良県のマスコットグッズがところ狭しと並んでいた。そこに修学旅行生たちが集まって騒いでいる。さすが、世界遺産を抱える観光地である。

地下の改札を出て地上に上がった瞬間、マイク演説が聞こえてきた。

「さっそくやってるな。演説してるのは須崎かな、櫛田かな」

達也がクイズを出すようにして私に言う。

駅の階段を上がったすぐ目の前にある噴水広場で、「須崎八太郎」という名前入りのたすきをかけた男が、ときおり声を荒げながら、熱心に政治演説を行なっていた。見てくれは地味だが、関西州構想という派手なマニフェストを掲げている現職の県知事だ。

選挙スタッフが笑顔でこちらに駆け寄ってきて、「よろしくお願いします！」とチラシを配る。有権者じゃないんです、と断わろうとした私は、ふとそのチラシに目を奪われた。そこにはおおよそ選挙とは関係なさそうな、人気有名女優の顔写真がでかでかと載っていた。

チラシには『五月十九日午前九時より、女優・南条《なんじょう》リリスさんの応援演説アリ！』という文字が躍っている。場所は近鉄奈良駅前。しかし、その文章には上から黒線が引かれていた。

「へえ、南条リリスが来るのか」

漆黒のロングヘアで妖艶な笑みを浮かべる有名女優の写真をつつきながら、達也が言う。

「中止になったんじゃないの？　だって五月十九日午前九時って、まさにいまじゃない」

「政治家も大変だな。政治もわからないような女優にまで取りすがった挙句に、ドタキャンかよ。さては須崎、櫛田に押されて劣勢だな」

「だけど南条リリスが応援なんて、すごくない？　彼女ってたしか、海外の有名映画賞の主演女優賞を獲ったことあるよね」

「政治にはそんなこと関係ないだろ。結局そういう女優を使ったってな、お前みたいな政治がわからないミーハーしか寄ってこないんだから、直接票には結びつかないんだ」

達也はいつもの調子で私を揶揄しつつも、「行くぞ」と歩を進めた。

奈良県警察本部は近鉄奈良駅から徒歩五分の、周囲を奈良公園に囲まれたのどかな立地にあった。

隣には県立美術館、斜め向かいには奈良県庁、その国道を挟んだ反対側には世界遺産の興福寺《こうふくじ》がある。さらにその東側に広がる奈良公園には大仏で有名な東大寺《とうだいじ》や春日《かすが》大社《たいしゃ》などがあり、奈良公園の緑の向こうには春日山原始林が見える。

達也と私は県警本部の一階ロビーへと向かった。小さな受付に一人で座っている警察官と達也のやり取りを横で聞きながら、私は小ぎれいな一階ロビーを見渡した。

警視庁のロビーは、ひっきりなしに人が行き交っている。所轄から移送されてきた容疑者が手錠をかけられた状態で通り過ぎる光景もあり、物々しい雰囲気だ。

しかしここには古びた黒革張りのソファが二つ置いてあるだけで、人影はまばらだった。そのソファには、観光中に具合の悪くなったと思われる初老の女性が横になっていた。ツアーコンダクターらしき人と制服を着た警察官が、女性を旅行パンフレットで一生懸命あおいでいる。

私は達也に「七階だと」と促され、一緒にエレベーターに乗り込んだ。

「なんだか本部とは思えないほど平和ね」

「奈良県警は関西圏のなかでも三重や和歌山と並んで弱小県警と呼ばれてるからな。それで済むのは平和な証拠。いいことなんじゃないの？」

エレベーターの階表示を見て、私は初めてこの県警本部のビルが七階建てであることに気がついた。どこの警察本部もたいがい、偉い人は最上階の豪華な絨毯ばりの部屋をあてがわれている。ということは、私と達也は奈良県警本部のトップである斎藤《さいとう》裕二《ゆうじ》本部長と本部長室で会えるらしい。これはなかなかの好待遇である。

私と達也を待ち構えていた斎藤本部長は標準語で丁寧に挨拶をすると、「いやぁ、遠路はるばるご苦労様です」と、そうそうに私たちを応接室へと案内した。

すぐに高価そうな器に入った濃い煎茶が出てきた。ガラステーブルの上には奈良銘菓らしい和菓子が、高級漆器にあふれんばかりに詰め込まれている。

斎藤本部長は四十代後半くらいだろうか。若いころ相当悩まされたと思われるあばた顔で、キャリア官僚らしくない柔和な印象だ。

そして斎藤本部長はまるで私たちを、上方《じょうほう》から監査にでもやってきたお役人のごとく丁寧に扱った。この煎茶はどこぞの店のものだとか、吉野葛《よしのくず》もいまの季節には暑いですがいいものですとか、どこぞの寺はいま改修工事中なので行かないほうがいいとか――。

見かねた達也がずばっと切り出した。

「斎藤本部長。申し訳ないですが私たちは観光に来たわけではないので――」

「ああ、はい、はい。そうですよね。失礼いたしました、すぐ、地域課のものを呼びに行かせますので」

　斎藤本部長はあばた顔を綻ばせながら受話器を取り、内線電話をかけた。途端に偉そうな声になる。

「私だ。地域課長を大至急、本部長室へ呼ぶように」

　斎藤本部長に関西なまりはなかった。東京の警察庁に入庁し、回り回って奈良県警本部長を務めている関東人なのだろう。

　やがて、制服姿の地域課長が本部長室にやってきた。

　地域課長は私たちの向かいのソファに座ると、さっそくまた関係のない話を始めた。

「奈良は初めてですか、お菓子どうですか、観光には行かれるのですか――」。

　達也は相槌を打つのもやめ、すぐに本題を切り出した。地域課長はまるで忘れていたかのような素振りで説明を始めた。

「こちらが依頼のありました庄原巡査の詳しい経歴と、関わった事件の一覧、そして、その概要です」

　ホッチキスで止められた書類がガラステーブルの上に並べられていく。関わった事件――つまり、庄原巡査が捜査に加わった事件書類だ。それらは全部で六部しかなかった。

「——おかしいですね。庄原巡査は三十三歳で亡くなられた。高卒で県警に配属になってますから、勤続十五年のはずです。捜査に加わった事件が、十五年でたったの六件ですか？」

「じつは庄原巡査の戸籍を見ていただいてもわかりますように、彼は海天村の出身でして」

「——海天村？」

「奈良県南部にあります、過疎の小さな村です。紀伊山地のど真んなか、ちょうど、和歌山県との県境に位置します。庄原巡査は海天生まれの海天育ち、父親も海天村の駐在を務めておりまして、当初から配属先の希望は海天村の駐在でした」

経歴によると、庄原巡査は警察学校を出てすぐ、奈良市内の交番勤務を命じられていた。奈良市内の管轄で五年過ごしたあと、配置換えで海天村の駐在に、そして生まれ故郷で駐在として働いて十年たった今年、海天村の山で滑落死、とあった。

庄原巡査が担当した六件の事件のうち、四件は奈良市内の管轄のものだった。引ったくり、窃盗、準強姦《ごうかん》、そして放火。海天村で担当した事件は空き巣と車上狙いだけだった。直接背望会と関わるような事案は見当たらない。

「海天村というところは、よっぽど平和なんですね」

「もともと人口も四千人くらいしかおりませんし、日本三大秘境のうちの一つに入るほど、山深い村なんです」

地域課長が言う。斎藤本部長が苦笑いしながら付け加えた。

「だからこそ、天下の警視庁から捜査協力依頼が来たときには、正直、驚いてしまいました。数週間前に事故死した海天村の駐在が、まさかあの背望会と関わっていたなんて、そんなバカな話があるものかと」

斎藤本部長の額にはうっすらと冷や汗が浮かんでいる。

「庄原巡査の人柄は？」

「若いのに村に残って村人たちの安全を守るという使命を全うした、極めて実直な駐在でした。悪い噂《うわさ》は何もありません」

「これだけ事件が少ないとなると、勤務中はわりあい暇なんですかね？」

「いえいえ。実際は遭難事故が多いんですわ。村民や旅行者の滑落事故、それから他県からやってきた自殺者なんかも――。普段は地元の消防団と一緒になって捜索活動に出ることが多く、決して暇ではなかったです」

「――たしかに庄原巡査自身も滑落事故、ですもんね」

私がうなずくと、達也が疑問を持ちかけた。

「しかし彼は村生まれの村育ち、そういった山道には慣れているはずですよね？」

「慣れていはるからこそ、事故に遭うもんなんですわ、人間てのは。実際、海天村には林業に携わる人間も多いですが、木材を伐《き》り出しているときに足を滑らせて何百メートルも落ちるなんてことは、しょっちゅうです」

地域課長が言う。まるで庄原巡査の死にいっさいの疑惑の余地も与えようとしないかのような様子だった。

「わかりました。あとはこちらで詳しく調べます。資料のご提供、感謝いたします」

達也はそう言って資料をひとまとめにすると、立ち上がり、頭を下げた。

「もう帰らはりますか。遠いところお疲れでしょうから、お茶をもう一杯でも」

地域課長がそう言うと、斎藤本部長も続ける。

「よろしければ地域課長に奈良市内を案内させますよ。今日はお天気もいいですし」

達也がそれらの誘いをきっぱりと断わり、私たちは本部長室をあとにした。

奈良県警本部を出ようとしたところで、私は達也に訴えた。

「ねえ、せめて昼食くらい奈良市内で食べようよ。噴水広場の近くに商店街があって、ちょっとのぞいたらおいしそうなうどん屋の看板があったのよ」

「バカ。ご当地グルメなんか味わってる場合か」

すると後ろから、先ほどの地域課長が追いかけてきた。

「あ、いた！　広田さん、原さん！」

振り返ると、地域課長の両手には奈良土産と思われる紙袋が五つも握られていた。

「つまらないものですが、わざわざこんな遠くまでいらしていただいたんで、ぜひこれを」

私がそれらを受け取ると、なかには大仏饅頭《まんじゅう》、葛餅、ご当地キャラクッキー、もなかなどが入っていた。

「あのう……それでですねぇ、ここだけの話なんですがね」

お土産袋をのぞく私のほうを見ながら、地域課長が言う。

「じつは、斎藤本部長は来月付けで、法務省への栄転が決まってはりまして。……つまり、ここでもし、奈良県警所属の巡査と背望会とのつながりが明らかになってしもうたら……」

「なるほど。栄転の話は消える、と」

達也がなかばあきれ顔で答える。

「そうなんです――。奈良県警はお気づきのとおり、平和で小さな県警です。世間をにぎわすような凶悪事件はめったにおきません。つまり、ある意味キャリア官僚のエリートコースなわけなんですわ。陛下が来られる植樹祭や、海外からの国賓をお招きする際にトラブルが起きなければ、ここで本部長になられたキャリア官僚たちはそろって中央官庁への栄転が決まりますもんですから――。なんと言いますか、どうぞ捜査のほうはお手柔らかにと言いますか……」

そのとき、ビルの入り口から男性の野太い怒声が聞こえてきた。

「だから、放せやコラ！　なんやねん、この被疑者扱いは！　俺はマル暴の刑事やぞ！」

見ると紺色のスーツ姿の刑事が二人、暴れる凶悪犯を強制連行するかのごとく、自動扉をくぐり抜けてきた。

「吾川《あがわ》！　ええ加減にせぇや。今度という今度は処分免れんで。ワッパかけてでも大阪から連れて帰ってこいっちゅう本部長命令や！」

右側のスーツ姿の小男がそう言うと、連行されている吾川と呼ばれた男がまた暴れ出した。伸びて耳にかかった黒い髪が乱れ、きりりとした極太の眉毛がゆがみ、無精ひげに包まれた口で獣のように咆哮《ほうこう》している。

「じゃかぁしいわい！　わしはのう、ペーパー仕事するために刑事になったんちゃうで！　お前も刑事のはしくれやったら、上司に媚《こび》売らんと、足使うて犯人追いかけんかい！」

「せやからって、毎度毎度管轄外の事件に足突っ込むバカがおるかいな！」

地域課長は慌てて吾川と私たちのあいだに入り、恥ずかしそうに笑った。

「あ、あの、お気になさらず――で、ええと――」

「いまのはこちらの刑事さんですか?」

「いえいえ、彼は奈良県警の恥部です。あの、というわけで、何とぞ庄原巡査の件に関しましては、よろしくご配慮のほどを——」

「そちらの事情は存じ上げませんし、いっさいのお心遣いは無用です。では、急ぎますので」

達也は私が受け取ったお土産袋をすべて取り上げ、地域課長に押し返すと、とっととロビーを出ていってしまった。

私が慌てて達也を追いかけながらついお土産のほうを振り返ると、奈良県警の恥部と言われた吾川刑事が、拘束を解いて逃げ出してきた。遅れて二人の刑事が「待てー!」と追いかけている。

達也が言った。

「平和だな、やっぱり」

私と達也は近鉄奈良駅から電車を乗り継いで南へ一時間弱の五条《ごじょう》という駅で降りた。電車のなかで熟睡していたせいでまったく気がつかなかったが、周囲はのどかな田園風景に変わっていた。

ここから海天村方面へは、電車の路線が通っていないという。路線バスも一日に数本しかなく、しかも時間がかかるらしい。達也はあらかじめ予約を入れておいた駅前のレンタカー屋へ車を取りに行くと言い、「お前、先に飯食って待ってろ」と寂れた駅前のラーメン屋を指差した。

私は先にラーメン屋に入ると、カウンターに座り、ラーメン定食を注文した。備えつけのテレビの下の本棚には、黄ばんで読み古した漫画が並んでいる。そのなかに、奈良県の旅行ガイドブックが置いてあった。私はガイドブックを取って、適当にページをめくった。

「あんた、東京からか」

声がしたほうを向くと、カウンターの奥から、ゴマ塩頭の店主がラーメンをゆでながら聞いてきた。私が「はい」と返事をすると、「旅行か」と短く質問を投げかけてくる。

「ええ、まあ。海天村のほうへ」

「そらまた、遠いとこ行くもんやなぁ。あそこは夜になると、国道に猿やら鹿が出るから気いつけや」

「えっ。そんなに山奥なんですか?」

「最近じゃ、熊もよう出るらしいよってのう。でもええとこやで。空気はきれい、水もきれい。この時期はウグイスの鳴き声なんかもすぐそばで聞けるはずやから」

ガイドブックを開き、海天村の写真に見入る。日本最大の半島である紀伊《きい》半島、その中央に鎮座する紀伊山地は、私の故郷である北海道顔負けの、美しい自然が残る秘境のようだった。

山の連なり、手入れされた畑、川の清流、吊《つ》り橋、滝――。

こんな見事な大自然のなかで生まれ育ち、駐在として真面目に働いていた警察官が、どうして背望会と関係してしまったのか――。

駐車場に車を停めた達也が、遅れて店内に入ってきた。達也は何も言わずに私の横に座り、同じラーメン定食を注文する。店主が朴訥《ぼくとつ》な感じで達也を顎でさし、私に言った。

「旦那か？」

「いえ――職場の同僚です」

店主は豪快にラーメンの水切りをしながら、にんまりと笑った。

「ごまかすなよぉ。会社の同僚と、東京から奈良くんだりまで二人で旅行に来るかよ」

達也が「余計なことを言うなよ」と目で釘を差す。

「いえ、あの、本当に職場の同僚で――」

「さては、愛の逃避行やな？　うわっはっはっは！」

白けた様子の達也を見て、店主が言う。

「──ああ、わかった。あんたら、マスコミの人間やろ?」

きょとんとする私と達也のほうを向きながら、店主が続ける。

「極秘取材か。有名な女優さん、追っかけてきたんやろ?」

「女優って?」

「なんてゆうたっけなぁ。なんとか──アマリリス? べっぴんさんや。いきなり奈良県知事選の選挙応援に出るとかなんとか」

「南条リリスですか?」

「そうそう、それやそれ。しばらく前から、海天村で映画の撮影しよるんやわ。映画監督の夫も一緒らしいで」

南条リリスの夫とは、有名映画監督の有栖川光《ありすがわひかる》だ。彼が撮り、リリスが主演を務めた映画は、数年前に海外の有名映画賞の最優秀作品賞と最優秀主演女優賞に輝いたことがあった。

私は同意を求めるように達也のほうを見たが、達也は興味なさそうに水を飲んでいる。

「なんでも彼女、夫と離婚秒読みらしいで」

店主は、あたかもたいへんな情報を仕入れたという感じで、私たちに耳打ちしてきた。

「よく知ってますね、そんなこと」

「昨日来たんや、あんたらと同じ東京からマスコミの人間が。お椀《わん》みたいなレンズが付いた立派なカメラ持ってな、そんな話をひそひそしとったから」

達也は雑談ばかりの店主に嫌気が差したようで、指先でカウンターをコツコツやり始めた。

「あんた、最近話題のCM、知ってるか。クレジットカードで夫婦が旅する」

「〝初めてキスした日のことを、覚えていますか？〟ってやつですか？」

「せやせや。あれ作ったの、その映画監督さんらしいで。あれは、離婚をなんとか回避したくて作った、女優の奥さんに向けたメッセージCMっていう話や」

ふいに夫の顔が浮かんだが、私はそれをすぐに打ち消し、出されたラーメン定食をひたすら頬張った。


五条駅前のラーメン屋を出た私と達也は、達也の運転するレンタカーに乗り、海天村へと向かった。車を走らせること三時間——気がつけば、あたりに並んでいた店や民家の影がなくなり、周囲は鬱蒼《うっそう》とした森と崖に囲まれていた。まだ午後四時だがすでに薄暗く、強く風が吹き始めていた。

対向車線を走る車は少なく、前後に車の姿もない。五分おきに現われるトンネルを抜けるたびに、一段、また一段と、森が深くなっていくようだ。

やがて、国道の道幅が狭くなってきた。窓のすぐ外を、切り開いた山肌が迫る。ラジオの電波も途切れ途切れになり、国道を守っていたガードレールもなくなった。

達也の肩越しに、崖っぷちをのぞき込む。

海天村で滑落死が多いというのもわかる気がする。慣れていないと運転も慎重になるが、毎日ここを通っていたら、ふと気を許したすきに車ごと崖下へ落っこちてしまいそうだ。

達也が窓を開けると、強い風の音の向こうで水の流れる音も聞こえてくる。

「なんだかハイキングに来た気分。いま、どのあたりかな」

私はラーメン屋の店主がくれたガイドブックを開きながら言った。

「どこまで呑気《のんき》なんだ、お前は。ガイドブックなんか読んでないで、捜査資料を読めよ」

「っていうか、ラーメン屋のおじさん、ここで南条リリスが映画の撮影してるって言ってたよね。有栖川監督も。どっかでばったり会えるかなぁ」

達也はあきれた様子で私をちろりと見た。そして前方へ顔を向けた途端、「うわっ」と叫ぶと急ブレーキを踏んだ。私の体も激しく前に飛び出し、シートベルトが体に食い込む。

前方の山肌から、男性が一人転げ落ちてきたのだ。

達也は慌てて運転席から出ると、男に駆け寄った。

私は男の姿を見て、はっとした。

淡い水色のシャツにチノパン姿のその男性は、ついさっき噂をしていた南条リリスの夫・有栖川光監督だった。たしか年齢は四十代後半くらいだったと思ったが、長く伸びた髪と無精ひげの容貌は、なかなか卒業できない留年中の大学生のようにも見えた。

「いや、失礼しました。……足を滑らせてしまって」

達也が有栖川を支えると、有栖川は「大丈夫です」とやんわりその手を押し戻して、自分が転げ落ちた山肌を見上げた。

「監督ー！　大丈夫っすか！」

次々とそんな声が聞こえて、山肌から映画撮影のクルーらしきスタッフが下りてきた。なかには消防団のマークの入った半被《はっぴ》を着た、ヘルメット姿の男性もいる。みな軍手をしていて、手には長い棒や草を刈るための鎌を持っていた。

「大丈夫だ、かすり傷程度だ」

有栖川はそう言うと、チノパンについた泥を振り払った。

「あの……失礼ですが、有栖川監督、ですよね？」

私は少し興奮して尋ねた。

「え、ええ……そうですが」

「ということは、撮影中ですか？　あの南条リリスさんも……？」

と期待して私は山肌のほうを見上げたが、そこに南条リリスらしき姿は見えなかった。カメラや音声マイク、照明などの機材も見当たらない。どうやら撮影中ではないようだ。

「すみません。じゃ、戻りますんで、失礼しました」

有栖川は強風に吹き消されそうな声でそう言うと、また山肌に上がろうとした。

私はその様子を見て、思わず声をかけた。

「あの――誰か、いなくなったんですか？」

有栖川がふと足を止めて、青白い顔を私のほうに向ける。

「地元の消防団の方と捜索中という感じがしたので……」

誰も何も答えない。私は流れでつい警察手帳を出した。

「警視庁のものです。こちらには別件で来たんですが」

途端に一同の顔色が変わった。達也が「余計なこと言うな」と言わんばかりに、後ろで舌打ちしている。半被を着た消防団員が、山肌で作業をしている男性の一人に向かって叫んだ。

「駐在さーん！　駐在さーん！　言ってたお客さん、来よるでぇ！　警視庁の人！」

するると、警察の制服を着た男が鬱蒼とした木々のあいだからこちらに向き直り、「うーい」と返事をして器用に山肌を滑り下りてきた。

「いやぁ、すんませんね。駐在所のほうでお待ちしようかと思っとったんですがね、朝から行方不明者が出てましして、捜索の手伝いに」

駐在員はそう言って、帽子を取り、額の汗を拭った。

「海天村の外野地区で駐在しとります山越《やまこし》言います。庄原のあとにこちらに配属になりました。事情、聞いておりますので。さっそく駐在所のほうへ行きましょか」

山越巡査はそう言うと、興味津々で私たちを見ている消防団員たちを追っ払った。

有栖川とスタッフは何やら耳打ちし合い、山肌へと戻っていく。

「あの――誰が行方不明なんですか？」

有栖川監督自ら捜索に乗り出しているということは、映画撮影にやってきたクルーのなかでもよっぽどの大物が行方不明になっていると考えてよさそうだった。

大物でいて、しかも、警察や地元消防団には任せておけないほど心配になる相手。

「もしかして、南条リリスさん、ですか？」

山越が驚いて振り返った。そして、困ったような顔をして言った。

「くれぐれも口外せんように、お願いしますわ。何せ、有名人気女優が村で失踪なんてことになったら――マスコミが黙ってへんでしょ。離婚問題やらもあって、ここ数日でぞくぞくとマスコミがやってきよるんですわ。いろいろと騒ぎになると厄介ですから」

かつて庄原が勤務していた駐在所は、県道をしばらく西へ走った先にある、外野という集落のなかにあった。

ちなみに海天村警察署は数年前に人口激減とともに廃止され、現在管轄となっている五條南署の分庁舎という名前で、海天村役場前にひっそりと建っているということだった。

山越巡査の拠点であり、かつては庄原巡査の労働の場であった外野地区駐在所は、地方特有のそれらしく、一軒家続きになっていた。駐在所に続く奥の家は庄原巡査の実家で、この庄原家が代々外野地区の駐在を務めていたのだという。五條市出身の山越は現在、この庄原家に下宿させてもらっているらしい。

「庄原巡査のご両親はそりゃもう、落胆なさってます。この辺りの若いもんはみんな大きくなると外に出てまうけど、庄原君だけは村に残って駐在継ぎましたからね――それが、かわいそうに不慮の事故で」

山越巡査はそう言いながら、駐在所へと私と達也を案内した。手前の六畳ほどのスペースには、仕事用のデスクと応接用のデスクがある。壁には色あせた海天村の地図が貼られていた。奥の休憩所は畳敷きで、四畳ほどのスペースにこたつが出しっぱなしになっていた。春になってもこたつ布団がかかったままなのは、仮眠をとるためだろう。

私と達也はざっと駐在所のなかを確認したが、背望会を連想させるような私物はどこにもなかった。山越巡査も、ここを継いだときにそういった類いのものはなかったと言う。

その後、庄原家の母屋へ向かい、庄原巡査の両親にも聞き込みをしてみたが、収穫はなかった。当時のまま残してあるという庄原巡査の自室は、ごくごく一般的な三十代男性の部屋だった。書棚には雑誌や文庫本が数冊、デスクは物置き場となっていた。もし庄原巡査が背望会会員だったとしたら、その素性を隠すため、背望会とのつながりを示す私物は巧妙に隠しているだろう。しかし、息子の死を嘆く両親の前で、部屋の壁を剥いだり、ベッドのマットレスを裂いてなかを確認したりという捜索行動ははばかられた。

「――達也。ここからはこれ以上、何も出てこないんじゃない？」

私はそう達也に進言したが、達也はそれを無視し、書棚の本を調べている。

「大阪府警の組対部に直接事情を聴いたほうがいいかもしれないわよ。裏カジノから彼の指紋が出たのは、何かの偶然かもしれない」

「どんな偶然だよ」

「そもそも、あの指紋に関してはおかしなことばかりじゃない。あれはどう見ても左手の指紋なのに、目撃証言では右手だと言うし、しかも当の庄原巡査は三週間も前に亡くなってるのに――」

達也は私の発言を無視したまま、両親を振り返った。

「たいへん申し訳ないのですが――捜査のため、お願いしたいことが一つあります」

「はい……なんでしょう」

母親がおずおずと答えた。警察OBである父親は、ぎゅっと口を真一文字にして、何も答えない。

「息子さんの遺骨の一部を、お借りできないかと」

母親は困惑して父親を振り返る。父親はさらに唇をかみ締め、腕を組んだ。

「それはいったい、なんのために――」

「四日ほど前、とある事件の現場で息子さんの指紋が検出されたのです。しかも、グラスに、です。息子さんがかつてその店に出入りしていたという証言もありませんし、三週間前に亡くなった方の指紋が、四日前に店のグラスに付着したというのは不自然です。そうなると、息子さんはまだ生きている――そういう推理も、成り立つわけです。わかりますよね？」

　父親は微動だにせず、しばらく目を閉じていた。しかし、やがて目を見開くと、元警察官らしい強い瞳で同意した。

「事情はわかりました。了承しましょう。……しかし、ご存じないかもしれませんので言うておきますが」

「はい」

「この海天村は、見てのとおり山深い村で、隣町に行くにも山をいくつも越えねばならない、孤立した村です。そしてこの村には、火葬場がありません」

「……え？」

「つまり、ここはいまだに国から土葬を許可されている、珍しい村なんです」

「ど、土葬？」

　私は思わず聞き返してしまった。さすがに達也も動揺している様子だ。

「つまり……庄原巡査も？」

「はい。三週間前に土葬されたばかりです。原さんは鑑識課員やからわかると思いますけど、土中に埋葬されて三週間、いまがいちばん腐敗が激しいころやないかと……」

私と達也は山越巡査とともに、海天村役場の向かいにある海天村警察分庁舎の地下用具室で着替えをすることになった。ＮＰＤ（奈良県警）のロゴが入った雨合羽の上下と長靴を身に着ける。

「――まったく、こんな風光明媚《ふうこうめいび》なところまできて、また腐乱死体とはね」

思わずぼやいた私に、達也が言った。

「またってなんだ」

「三日前も腐乱死体を検分したばっかり」

「俺は捜査一課時代に、三日連続で腐乱死体にあたったことがあったぞ。そのうち二回、そいつと抱き合った」

「抱き合ったって？」

「首吊り死体だったんだよ。ぶら下がった遺体を抱きかかえて下ろしたんだ」

私も三日前――と思ったが、言うのはやめた。

「マスク、三人で十枚じゃ足りないよな」

「五十枚くらいはあったほうがいいんじゃない？　あ、山越さん。ゴム手袋、たぶん作業中に破れるから、予備に十枚くらい用意しておいてもらえますか」

「は、はい――」

山越巡査はスコップやシャベルなどを準備しながら、気重そうにため息をついた。

そうして午後六時半ごろ、私と達也と山越巡査の三人は、強風に目を細めながら外野地区を見下ろす墓地へと向かった。

全身雨合羽、長靴、軍手の上にゴム手袋、マスク。達也はヘッドライト付きのヘルメットまでしている。作業中に辺りが暗くなってしまうと思われるので、懐中電灯も五つほど用意した。

スコップやシャベル、そして釘打ちされた棺桶《かんおけ》を開けるためのバールなど、さまざまな道具を一輪車に乗せて、山越巡査があとに続く。腐乱状態の遺体を掘り起こすとあって、山越巡査はすっかり及び腰である。

山肌を切り開いた場所にある墓地には、外野集落、全三十戸の先祖代々の墓が並んでいた。土葬ということもあるせいか、一区画の線引きがない。墓地全体でも三十弱ほどの墓石が並んでいるだけで、規模は非常に小さい。

庄原家の墓を探す。墓石を一つ一つ確認していると、墓地のほぼ中央に、まるで慰霊碑のごとき大きさでそびえ立っている墓に行き着いた。そこには、『櫛田家先祖代々の墓』とあった。

「櫛田家は大和政権時代の豪族の先祖を持つ、村の有力者ですわ」

立派な墓石を見上げていた私に、後ろからついてきた山越巡査が言った。

「庄原家が代々この村の駐在をやっていた家ならば、櫛田家は代々この村の村長をやっていた名家です。八代目の櫛田信正はこないだまで海天村の村長やってましてね、いまちょうど、奈良県知事選にも立候補してるんですわ」

私は新聞に載っていた櫛田の姿を思い出した。超保守派なのにIT起業家のような雰囲気の男だ。

「村長を務めていたとは意外ですね。すごく都会っぽい雰囲気の人ですよね、櫛田さんて」

「見てくれや私生活は派手やったらしいですけど、なかなかの敏腕なんですわ。三十歳で村長に就任してから三期連続で十二年、この海天村を守り抜いたらしいです」

「守り抜いた、というと？」

「一時期、平成の市町村大合併とかいうんが流行りましたでしょう。財政難の小さな地方自治体は生き残りをかけて、次々と近隣市町村と合併したそうですが、実際は観光資源だけ取られたり、名前が残らなかったりで、小さな村ほど悲惨な目におうたらしいですわ」

「じゃあ、海天村はどこの市町村とも合併しなかったんですか？」

「ええ。櫛田元村長は、『故郷を死守する』と言い張りまして、合併話は全部断わったそうです。そして、積極的にマスコミ取材や映画撮影とかを誘致して、観光業で税収を安定的にアップさせたらしいです」

「ああ、それで有栖川監督がこの村に映画の撮影に――」

「そやないかと思います。キャンプ場のほうには定期的に学校やNPO団体なんかが合宿に来るような契約を結びましたしね。実際、村が気に入ったといって移住してきた若者が、ここ十年で増えとるらしいです」

「村人にとって、櫛田信正は神様、ということですか」

「ですなぁ。みんな残念がっとりましたよ。村長辞めて、県知事に立候補する聞いて」

「おい！　早く来い！　井戸端会議の暇はないぞ」

先に庄原家の墓地前に到着していた達也がしびれを切らし、私たちを呼んだ。

私は持参したお線香を、達也がともしたろうそくの火でつけた。山越巡査は庄原巡査の祖父が山から摘んできたという榊《さかき》を、墓前に飾った。

私はふと、墓地の外れに目をやった。そこはお供え物や枯れた榊、雑草などを捨てる場所らしく、こんもりと腐った草木が積み上げられていた。

そのさらに奥に、なぜか真新しい仏花が捨てられてあった。色とりどりで鮮やかな、大輪の菊の花束だ。その周辺は空き地で手入れがされておらず、膝の高さほどの雑草がぼうぼうに生えているが、一部、まだらなところもあった。

「山越さん。この地域って、仏花供えるの禁止されてるんですか？」

「え？　いいや、そんなことはないと思いますけど――」

「でも、どのお墓にも榊が飾られていて、あんな真新しくて豪華な仏花があそこに捨てられてますよ」

「風で飛ばされたんちゃいますかね」

そこへ達也があいだに入り、会話を止めた。

「んなこたどうでもいい。それよりほら、ホトケさんに手を合わせろ」

墓を暴くことをお許しください――。

三人そろって、庄原家の墓地の前で手を合わせる。

「うし。作業開始！」

達也は準備していたスコップを持ち上げ、ザクッと土に差し込んだ。

それから三十分ほど掘り進めたところで、釘打ちされた棺が土のなかから姿を現わした。

すでに周囲は暗闇に包まれ、作業は達也のヘルメットの明かりと、周囲に置いた五つの懐中電灯の明かりだけが頼りになった。

棺の周囲を掘り進めたところで、達也がバールを取り出し、釘打ちされた棺の蓋を開けにかかった。最初は近くで手伝っていた山越巡査だったが、気がつけばスコップを持ったまま一歩二歩とあとずさっている。

達也が頭部側を、私が足側の棺の蓋をつかみ、持ち上げ、そのまま右側に移動させて置いた。途端に、脳幹を直撃するほどの悪臭が周囲に漂った。昼に食べたラーメン定食の残りが胃をせり出し、喉元まで突き上げる。

私はマスクの上からさらに腕で口を覆い、懐中電灯の明かりを棺のほうへと向けた。

オレンジの光が、腐乱した庄原巡査の顔を照らし出す。さすがの達也も「うっ」と口に手をあてる。

「これは――思った以上だな」

山越巡査が崖っぷちのほうへ走り出し、嘔吐《おうと》した。

「どうする？　たしかに遺体はあったけど」

「とりあえず、これが庄原本人かどうか確かめよう。麻希、ＤＮＡサンプル取ってくれ」

私は警視庁から持参してきていた、鑑識グッズの入ったジュラルミンケースを出した。

「ＤＮＡサンプルだけでいいの？」

「こんなウジ虫だらけの遺体、どこへ運び出せってんだ」

「まあね。でも、腐乱死体とダンスしたことがある達也なら言い出しそうと思って」

「うるさい。頭髪一本で充分だろ」

私はピンセットと遺留品袋を手に持って、大きく息を吸い、呼吸を止めた。そして膝をつき、棺のほうへ身を乗り出した。ピンセットの先で頭部に密集しているウジ虫たちをかき分け、ドロドロに溶け始めた皮膚のあいだから毛髪を一本つまみ出し、ぬるりと引き抜く。そしてそれを素早く袋のなかに収めて封をすると、やっと呼吸をした。

「作業完了。念には念を入れて、ウジ虫も三匹ほど捕まえておく？　お腹を電子顕微鏡でこじ開ければ、遺体の皮膚片を採取できる。ＤＮＡをさらに確実に特定できるけど……達也？」

達也は遺体の腰のあたりに懐中電灯を当て、そこを凝視していた。

「どうしたの？」

「──見ろ」

達也が照らしていたのは、遺体の左腕の部分だった。ウジ虫が遺体の表面をびっしりと覆っているが、腕の長さが不自然に短いことはすぐにわかった。

私は足元に置いた懐中電灯で、遺体の右手側を照らした。左よりも二十センチ以上長い。

「山越さん！」

私は墓地の隅っこで座り込んでいる山越巡査を呼んだ。

「う……あ、は、はい。すいません、私にはちょっと……お手伝いは無理かと」

「庄原巡査は滑落死した際に、左腕を折ったとか切断したとか――そんなことありましたっけ？」

「いや――頭を強く打って亡くなっただけで、それ以外は五体満足で発見されたそうですが」

「野生生物が食い荒らしたのかしら？」

達也にそう問うと、即座に達也は首を横に振った。

「それはない。棺は釘で打ちつけられてたんだぞ」

達也はそう言いながら私の手からピンセットを奪い、左手首にたかったウジ虫を振り落とし始めた。私は土の上に置いた棺の蓋の周囲を、懐中電灯で照らした。右手にルーペを持ち、釘の跡を確認する。達也が抜いた釘は全部で十本、釘穴は十八カ所あった。

「埋葬された棺を、私たちの前に暴いた人間がいたみたいね」

「だな。そして遺体の左手首を鋭利な刃物で切断した――。麻希、切断面、写真撮れ」

「了解」

「山越さん！　死体損壊事件発生。大至急、管轄の捜査一課に通報をお願いします」

達也に呼ばれた山越巡査は慌てて立ち上がり、携帯電話を出した。

「ええと、五條南署の番号は……」

混乱気味に携帯電話を手にした山越巡査は、その電話がいきなり鳴り出したので、パニックになって電話を落としそうになった。

「はい、山越です――はい、はい。え？」

山越巡査は私と達也を振り返り、そして言った。

「ええ、たしかにいま、一緒におりますけど――」

それから山越巡査は「えええ！」と驚いた声を出したあと、「はいはいはい」を連発すると、「了解しました――警視庁の原巡査部長を奈良県警本部にお送りすればよいんですね」と言って通話を切った。

私と達也に、山越巡査が困惑した様子で伝える。

「県警本部の捜査一課からで、大至急、原さんに奈良市内の本部に戻ってほしいとのことで――」

「県警本部の一課が？　なんで？」

「なんでも――背望会がまた誘拐事件を起こしたとかで」

「なんだって⁉」

達也が前に出て叫ぶ。私は山越巡査の肩を揺さぶって問い詰めた。

「誰が誘拐されたの⁉」

――まさかまた、子供たちが……！

山越巡査は少し首をかしげながら、手に持っていた懐中電灯をある墓石に当てた。懐中電灯の丸い光のなかに、『櫛田家』という文字が浮かび上がる。

「それが――誘拐されたのは、櫛田信正・元海天村村長とかで。しかも身代金要求が現職の須崎奈良県知事のもとにあり、さらに、身代金の運び屋に原さんが指名されとるとのことで――」

チャプター２　警視庁・大阪府警・奈良県警合同捜査本部誕生

私は海天村分庁舎の地下用具室で、借りていた雨合羽や長靴を脱ぎながら、急いで調布の自宅へ電話をした。

背望会による誘拐事件がまたしても起こった。しかも私が奈良県に入ったその日のうちに――子供たちの安否が何よりも気になる。

私の出張のあいだ一週間の休暇を取っている夫が、すぐに電話に出た。こちらが事情を話す前に、夫は「ちょうどよかった麻希ちゃん。いま、そっちに電話をしようと思っていたところなんだ」と切羽詰まった様子で言った。

「何！　何かあったの⁉」

携帯電話を握る手が思わず強くなる。

「じつはね……僕、なっちゃんに嫌われちゃったみたいで」

「……は？」

「いやぁ……このあいだ麻希ちゃんに言われた言葉が引っかかっていたんだ」

「私、何か言った?」

「なっちゃんに好きな人ができたっていうのに、何もしないのかって」

「……たしかにそんなようなことは言ったけど。何かしたの?」

「やっぱり、父親はこういうとき、娘の交友関係を把握しておくべきなんだと思ったんだ。だけど面と向かってなっちゃんにそんなこと聞けないし。だからね、ちょっとだけと思って、なっちゃんが学校から帰ってきてトイレに入っているあいだに、携帯電話、見たんだよ。そうしたらなぜだかそれがばれちゃって――。なっちゃん、さっきから僕にひと言も口をきいてくれなくなっちゃった」

どうやら私が心配しているような深刻な事態は起こっていないようだ。私は肩透かしを食らった気分で、傍らのパイプ椅子に腰かけた。

「そりゃあ――まだ八歳といっても、あの子は自分はもう大人だと思い込んでいる節があるから、携帯見られるのはいやがるかもしれない」

「どうしよう。じつはいまも、すごく気まずいんだよ……なっちゃん、宿題やりながらも目が吊り上がっていて……」

「健太はどうしてる?」

「それが、僕が休暇を取ったと知った途端に、じゃあなっちゃんの面倒頼むって、昼からどっか出かけちゃってね。小学校のお迎えも、僕が行ってきたんだよ。そのときは一緒に手をつないで歩いて帰ってきて、なっちゃん、とってもいい子だったのに、携帯見た途端に態度が急変して——」

夫の狼狽《ろうばい》ぶりは、まるで初めてできた恋人の対応に困っている中学生みたいだった。

「——わかった。ちょっと菜月に代わってもらっていい？」

しばらくの保留音のあと、菜月が不機嫌そうな声で電話に出た。

「なっちゃん？　ダメじゃない、それくらいのことでパパ困らせたら」

「——ママ、いつ帰ってくるの？」

「ちょっといろいろあってね、しばらく帰れないかもしれない」

「パパと二人きりだと、息が詰まる」

「そんなこと、パパの前で言っちゃだめよ」

「いま、二階の子供部屋。子機で話してるから、大丈夫よ」

「それにしたって、いったいどうしたのよ。あんなにパパに気を遣っていたのに、携帯見られたくらいで急に無視するなんて」

「いきなりパパづらするから、むかついたの」

「菜月！　そんな言葉遣い、ダメよ」

「むかつくものはむかつくの！　ずっと菜月のことほったらかしだったくせに、いきなりパパづらされたって、パパと思えるはずないもん！」

菜月はそう言うと、電話を切ってしまった。菜月がこれほどまでに感情的になっているのは初めてだった。

私が携帯電話を持ったまま呆然《ぼうぜん》としていると、シャワールームで体を洗い流してきた達也が、濡れた髪をバスタオルで拭きながら地下用具室に入ってきた。

「電話、つながったか。菜月ちゃんたちは無事か？」

「うん。無事なことはわかったんだけど――」

「なんかあったのか？」

「父娘が初めての喧嘩をしたらしくてね」

夫を公安刑事として尊敬している達也は、くすくす笑いながら言った。

「原さん、現場ではやり手の公安刑事でも、娘の扱いとかは苦手そうだからな。今回の背望会誘拐事件について原さんの見解は？」

「それどころじゃない感じだったから、聞いてないわ」

「――俺はいまだに信じられないね。背望会が一年もたたずにまた誘拐事件なんて」

「また、というより、もう、じゃない？　去年の連続テロのあと、達也たち公安は背望会メンバーをほとんど逮捕したんでしょ」

「そのつもりだ。一名を除いてな」

「リクルーター？」

「そう。そいつが一年もたたずに組織を復活させて事件を起こしたってことだろ」

「というよりは——まだ逮捕していないテロリストが関西にいたんじゃない？」

「そんなことはありえない。俺たち公安は何年もかけて、背望会を調べ尽くした。こちらが関知していない関西支部みたいなのがあったとは思えない」

「でも、リクルーターがたった一年のあいだにテロリストをリクルートして育て上げたとも考えにくいわ」

「そもそも、誘拐犯はなんでお前を身代金の運び人に指名してきたんだ？　どうしてお前が奈良にいることを知ってるんだ」

「そんなこと、知らないわよ」

私はそう言い捨てると、着替えを持ってシャワールームへ向かおうと扉を開けた。

目の前に、山男のような人物が立っていた。

私は驚いて短い悲鳴を上げ、後ろに飛びのいた。

「あんたか。警視庁の女秘匿捜査官・原麻希巡査部長っちゅうんは」

達也が警戒を強めて立ち上がる。私は廊下に立っていた男をあらためて見た。

耳まで伸ばした髪の毛に、極太の眉毛……。

「たしかあなた、奈良県警本部で——」

容疑者のごとく連行されそうになり、地域課長から「奈良県警の恥部」と言わしめられていた刑事だった。しかし、あのとき奈良市内にいたはずの彼が、なぜいまこんなところにいるのだ――。

「せや。奈良県警組織犯罪対策部四課の吾川順次郎《じゅんじろう》巡査部長や。よろしく」

吾川はそう言うと私の手を取り、強引に握手をした。

「やっぱり、噂はホンマやったんやな。表の顔は地味ぃな鑑識課員、しかし、一度警視庁管内で凶悪事件が起これば捜査一課の強面《こわもて》刑事もすがる超敏腕女刑事……なんやろ？　あんたは」

「――噂話に剛毛が生えたくらいの感じですけど。たしかに、私は原ですが」

吾川はギラギラとした眼光で続ける。

「あんたがたしかに優秀な捜査官なら、一つ、教えたる」

「……え？」

「櫛田の誘拐事件は背望会の仕業やない」

「は？」

「あんた、身代金を運ぶ係なんやろ？　んなら、よおぉくそこんとこ頭に入れて金を運んだらええ」

「……どういうことですか？」

「おい、もう時間がない。早くシャワー浴びてこい」

おもむろに達也が私の腕を引き、そう告げた。「関わるな」と無言で訴えているのがわかった。

私は吾川に会釈だけして、その場をあとにした。シャワールームへ向かうときにさりげなく後ろを振り返ると、吾川は同じ場所に立ったまま謎の笑みを浮かべて、こちらをじっと見つめていた。


それから日付をまたいだ五月二十日水曜日の午前三時。

私と達也は車を飛ばし、五時間かけてようやく奈良市内の奈良県警本部にたどり着いた。受付の警察官に案内され、会議室が並ぶ五階へと向かう。

制服警察官がまだ墨の渇き切っていない帳場名を、丁寧に入り口に貼っていた。

『奈良県知事選候補者身代金誘拐事件』

もとは二つに分けられていたらしい部屋をぶち抜いて、かなりの広さの捜査本部が準備されていた。それにしても広すぎるし、椅子の数が多い。長机の数から察して二百人規模である。捜査一課の腕章をしたスーツ姿の刑事が、「コーヒーメーカーの数が二台じゃ心細いだろう。夜食の買い出し班はまだ戻らないのか？」と騒いでいるのが見える。

そこへ、あばた顔の斎藤本部長が現われた。

倉庫から引っ張り出してきたらしい大量のパイプ椅子を雑巾で拭いていた奈良県警の職員たちがいっせいに手を止め、敬礼する。

斎藤本部長は胃の具合でも悪そうな様子で帳場を見渡し、

「おいおいおい！　まだ準備できてないのか！　もう第一陣が下の駐車場にやってきてるんだぞ！」

と手をたたいて職員たちを促した。

するとと、横にいた達也がつぶやいた。

「やな予感がする……」

「どうしたの？」

「こないだ話しただろ。奈良県警は関西圏でも弱小県警に入ると」

「でもその割に豪勢な捜査本部じゃない？　警視庁管内でも二百人規模の人員を集める捜査本部はそうそうないわ」

「たぶん、隣人にヘルプを求めたのさ。この小規模な県警じゃ、この手の捜査はとても手に負えないはずだからな」

「隣人って？」

そのとき、廊下の奥からざわめきが聞こえてきた。捜査本部を準備していた奈良県警捜査員たちの顔が青ざめていく。上座であれやこれや指示していた斎藤本部長が、ひそひそ声で怒鳴った。

「急げ！　とにかく急ぐんだ！」

その様子を見た達也が言った。

「史上最悪の捜査本部、誕生だ」

そこへ、目がチカチカするほどきらびやかな団体が、こちらに向かって歩いてきた。総勢、百名弱――。

何人かはスーツを着ていたが、ネクタイを締めている者は少ない。いたとしても、そのネクタイは大胆な水玉模様などであった。ほかには、スーツの下に柄ものの開襟シャツや、光沢の強いサテンのシャツを着ている者もいる。髪型にいたってはスキンヘッド、オールバック、リーゼント、金髪、眉なし……どこからどう見ても、関西のチンピラの団体のように見えた。

そのチンピラ団体がぞろぞろ廊下を突き進むなかを、奈良県警本部の捜査員たちが廊下の端にさっと身を寄せ、平身低頭、彼らを迎え入れている。

「もしかしてあれが、奈良県警がヘルプを求めた隣人？」

達也に問うと、彼は大きくうなずいた。

「ああ。大阪府警捜査一課のお出ましだ」

団体の先頭を切って歩いてきたのは、大阪で不動産業でも営んでいそうな雰囲気の女性だった。年のころは四十代前半くらいだろうか。パサパサに傷んだ茶髪の毛先を大きく内巻きにしていて、粉が吹きそうなほどの濃い化粧にたっぷりのマスカラを塗っている。厚ぼったいピンクの唇に、ラメのラインが入った黒いパツパツのパンツスーツ、なかには豹柄《ひょうがら》のキャミソールを着ていた。

そしてその女性は私の眼前に立つと、私の頭の先からスニーカーの先までを、値踏みするようになめ回した。

後ろのほうで、スキンヘッドが叫ぶ。

「なんや！　まだ帳場、できてへんのか！」

今度は、眉のない男が大声を出す。

「何もたついとんねん！　人が一人、誘拐されてんねんで！　おたくら、ガイシャをホトケにするつもりかいな！」

怒声を聞いて駆けつけたのは、斎藤本部長だった。

「どーもどーも、これは、お早い到着で。お忙しいなか、本当にありがとうございます」

本部長は豹柄のキャミソールの女性を前に、深く頭を下げた。

「とりあえずですね、後方の席はわたくしども奈良県警の捜査員が座りますので、府警のみなさまがたは、前方の、準備が整ったお席のほうへどうぞ――」

大阪府警の捜査員たちが帳場に入ろうとしたところで、達也が前に出て言った。

「斎藤本部長。では、我々警視庁の人間はどこの席に座ればいいでしょうか？」

府警の連中の目つきが光り、いっせいに達也をにらみつける。

「警視庁やて……？　なんで東の刑事が西の帳場におるんや」

スキンヘッドがそう言うと、達也は澄まし顔で答えた。

「申し訳ないが、これは我々警視庁公安部の案件でもあります。我々は長年、背望会を追っておりますので、捜査会議には同席させていただきます」

「ほ〜お。で、東からは何人連れてきとるんや？　百人か？　千人か⁉」

スキンヘッドの馬鹿にしたような問いに、達也はしらっとした様子で、

「とりあえずで申し訳ないですが、公安一課の私・広田と鑑識課の原麻希巡査部長の二名です」

と答えた。すると私に針のように鋭い視線が注がれたが、すぐにそれは嘲笑に変わった。

「ハラマキだって？」

「おいおい、もう初夏やで。このあっついのにハラマキはいらんやろが」

下卑《げび》た笑いが帳場内にこだまする。

「とにかく。誘拐事件の犯人が背望会を名乗っている以上、やつらを長年追っている

我々を上席のほうに――」

「アホ抜かすな！　奈良県警本部は大阪府警に正式に応援要請を出しとんのや！　そやからここは、我々大阪府警の管轄なんや。あんたら東のはしっこの警視庁にはなんの用事もあらへん。せやろ、斎藤本部長！」

リーゼント頭の男の言葉にびくりと肩を揺らした斎藤本部長は、「え～っと、そうですねぇ……」と愛想笑いをする。

その様子を見た達也が、ぴしりと言い放つ。

「斎藤本部長。庄原巡査の件もありますので、座席の配置についてはご配慮願いたいものですが」

べつにどこの席に座ったっていいじゃない、と私は思ったが、エリート志向の強い達也は、自分が大阪府警の刑事たちの後ろに座るのが気に食わないのだろう。

「そ、そうですねぇ……それでは、警視庁のお二人は、とりあえず人数も少ないようですから、いちばん前のほうに……」

するとチンピラのような一群から、いっせいに抗議の声が上がった。あいだに挟まれた斎藤本部長は、額から玉の汗を流している。事態を見守る奈良県警捜査員たちは、雑巾を握り締め、緊張の様子を隠せない。そのとき――。

「黙りなさいッ、お前たち！」

そう言ったのは、先頭にいた豹柄のキャミソールの女性刑事だった。

一瞬にして帳場が静まり返った。女性は斎藤本部長を見据え、言った。

「斎藤本部長——あんた、我々大阪府警刑事部捜査一課をなめとんのちゃいます？」

斎藤本部長はすっかり縮み上がった様子で答える。

「ああああの、それでは、申し訳ないですが、警視庁のみなさまは真んなかのお席のほうで！　大阪府警、警視庁、奈良県警の順番でお願いします！」

斎藤本部長はそう言うと、達也のほうを向き、頭が廊下につくほど腰を折り曲げた。お願いだからこれで勘弁して、という雰囲気だ。

「……ねえ、意地張ってる場合じゃないよ、さっさと座ろう」

私がそう言うと達也は肩をすくめ、「ま、ここは大人の判断で譲りましょうか」と、会議室の真んなかの席へ向かって歩き出した。同時に、チンピラのような軍団もどやどやと前方の席を埋めていく。

私が達也のあとに続こうとすると、豹柄のキャミソールの女性刑事にぐいと強く手を引かれた。

「——あんたが、警視庁の原麻希巡査部長さんやね」

「あ、はい——」

私が名刺を出そうとすると、「あんたのことはよう知っとるから、ええわ」と言い、彼女は自分の名刺を出した。

「大阪府警刑事部捜査一課の嵯峨美玲《さがみれい》警部補です。よろしく」

警部補ということは、階級は私より一つ上なだけで、達也から見ると一つ下となる。それでも、彼女から発せられるオーラには逆らえそうもない何かがあった。事実、斎藤本部長はキャリア官僚であるにもかかわらず、どこか彼女を恐れているようでもある。

太くむっちりとした腕がこちらに伸びてくる。握手をすると、肉厚の手のひらが私の薄っぺらい手のひらをそのまま飲み込んでしまいそうだった。

「あ、じゃ、どうも。よろしくです」

私は逃げ腰で達也のもとへ行こうとしたが、また強く腕を引かれた。

「原巡査部長には、大阪府警のシマ――私の隣に座ってもらいます」

「えっ、な、なんでですか？　私はいちおう警視庁の人間なんですけど……」

「原さん。あんたは今回の事件で身代金の運び屋という非常に重要な任務を負ってはるんですよ。実際に現場で犯人を追尾するのは我々大阪府警捜査一課の捜査員たちです。せやから、あんたにはこっちのシマにいてもらいます」

そう言うと美玲は私の腕を引き、一列目のど真んなかである彼女の席の隣に私を座らせた。

「――それに原さん。あんた、警視庁では鑑識課員の分際で、一課の捜査にいちいち口出ししてはるらしいなぁ」

「え……？」

「プライベートでは現場の刑事の妻であり、二人の子供の母親」

美玲は呆気《あっけ》にとられている私ににやりと笑いかけ、挑発的に言った。

「ここでお手並み拝見といきたいところやね。警視庁女秘匿捜査官・原麻希巡査部長」

不穏な空気が充満するなか、誘拐事件の第一回捜査会議が始まった。

誘拐犯からの指示はすべてメールだった。その文面が印刷され、資料に添付されている。

送信日時は昨日の午後五時。フリーメールアドレスが送信元になっており、@の前は「kansiki-haramaki」となっていた。犯人はどこまでも私を巻き込みたいようだ。

『須崎八太郎奈良県知事殿
毎日の選挙遊説、お疲れ様です。わたくしども背望会一同は関西州構想に強い興味を抱いており、あなたの演説を日々興味深く聞かせていただいております。

しかしながら、あなたが対立候補の櫛田信正氏にかつての支持者層を侵略されつつあることを、非常に残念に思っております。

わたくしどもといたしましても、我々社会変革を誓う背望会を凶悪テロ組織と断罪する櫛田信正氏には強い遺憾の念を抱いております。我々背望会は櫛田信正氏の排除を強く望んでおり、本日、櫛田氏を誘拐するに至りました。

これにより、あなたの当選は確実のものとなるはずです。つきましては、当確のお手伝い経費といたしまして五千万円を準備していただきたく、連絡をいたしました。

以下、身代金受け渡しに関するご案内をいたします。

日時：五月二十日・午後一時
場所：世界遺産興福寺国宝館・阿修羅《あしゅら》像前
運搬人：警視庁鑑識課第一現場係・原麻希巡査部長

※注意事項
・運搬人の変更・及び他捜査員による尾行・追尾はいっさい禁止いたします。
・興福寺観光客の入場制限の禁止。当日は九州の高等学校からの修学旅行生が同時間帯に興福寺に出入りすることになっている旨、把握済みです。
・現金はアタッシェケース入りで、番号不ぞろいで帯を解いたもの。

万一、これらの注意事項を厳守されない場合は即刻取引を中止し、櫛田氏を山中奥深くに生き埋めにいたしますので、ご配慮のほどよろしくお願いいたします。

スワン』

斎藤本部長が文面を読み終えた途端、ため息ともざわめきともつかない声があちこちから漏れた。

昨年の背望会連続テロの際、脅迫文の差出人は〝アゲハ〟だった。

今回は〝スワン〟か——。直訳すると白鳥ということになるが、男女の判別はともかく、ただの名前ではない、何か強い意図を感じる。

斎藤本部長が自信なさそうに言った。

「それでは、情報共有といきましょう。これまでの捜査でわかっていることを、奈良県警捜査員より、どうぞ」

後方に座る捜査員が立ち上がる。

「まず、脅迫メールに使用された犯人のアドレスですが、これは見てのとおりフリーメールアドレスで、本人特定は難しいと思われます。発信元は奈良市三条町《さんじょうちょう》の雑居ビル三階にありますネットカフェです。残念ながらこのネットカフェには防犯カメラ等の設置はありませんでしたので、周囲百メートル圏内にあるコンビニ・店舗等の防犯カメラ、及びNシステムの回収を急いでおります」

次に、別の奈良県警捜査員が発言する。

「櫛田氏は海天村村長を退任した今年二月に、県知事選立候補に向けて奈良市内の雑居ビルに選挙事務所を立ち上げています。しかし住居スペースがないということで、ほとんど市内には顔を出さず、ここ数カ月はもっぱら海天村にあります別荘で秘書の香取昭雄《かとりあきお》氏と作戦会議に徹していたようです」

隣の刑事が手を挙げ、発言する。

「資料Bをご覧ください。櫛田氏は昨日五月十九日火曜日午後四時ごろ、滞在先の海天村下野《しもの》地地区内の本人所有の別荘にて拉致されたと思われます。下野地地区とは、日本最長の吊り橋がある海天村最大の観光地で、国道沿いに入り口のある吊り橋を渡った側の谷間にその別荘はあります。残念ながら当日は強風のため吊り橋の通行は禁止されており、観光客の姿はまばらだったようで、目撃者はいまのところありません」

ということは、ちょうど私と達也が海天村に入ったのと同じころ、誘拐拉致事件が起こっていたのか――。

資料をめくると、櫛田の別荘の外観や、拉致された際に争った形跡が激しく残る室内の写真が掲載されていた。床に落ちてひび割れた置時計が、たしかに午後四時三分を指して止まっている。

「当日、櫛田氏の秘書・香取昭雄氏は食料品の買い出しのため五條市へ出ており、不在でした。香取氏によりますと、櫛田氏はしばらく前から風邪をこじらせて寝込んでいたとのことで、選挙戦がスタートした三日前から一度も遊説に出向いていなかったようです。犯人はそういった事情を知っていたうえで、世話役の香取氏の不在時を狙い、拉致に及んだと思われます」

前方のホワイトボードには、秘書の香取昭雄の顔写真が貼り出されている。四十九歳の櫛田より三つ下の四十六歳。きっちりと中分けされた黒い髪の毛に、銀縁の小さな眼鏡。顔立ちは悪くないが、櫛田が持つ華やかさはない、地味な印象だった。

続いて、別の奈良県警捜査員が発言する。

「海天村にあります櫛田の実家を訪ねましたが、応答はありませんでした。住民票上はこの屋敷に櫛田信正とその妻・洋子《ようこ》が住んでいたはずでしたが、洋子は現在橿原市《かしはらし》に一人でマンションを借りて住んでおり、別居中です。夫妻は一年前から離婚調停中であり、妻・洋子はこの半年、一度も櫛田と顔を合わせておらず、連絡も取っていないと証言しております」

奈良県警の鑑識課員にマイクが回る。

「次に、このメールに添付されていた音声ファイルについての、これまでにわかっている解析結果をお知らせします。その前に、実際に音声ファイルをお聞きください」

スクリーンの前に座って待機していた別の鑑識課員が、パソコンをいじる。広い帳場に男性のうめき声が鳴り響いた。

「……く、うぐぅうう……あっ、あっ、や、やめ——うううう！　やめ、やめで、くれぇ……たすけ……死んで、しま……。ああああああ。はぁぁぁぁ」

首を絞められているのだろうか。「死んで、しま……」のあと、ひゅううという大きな呼吸音がし、「ああああ」という長いため息のような音が続いた。そして、音声が途切れる直前、「ふふふ」という女の笑い声のようなものが聞こえた気がした。

鑑識課員が続ける。

「この音声が櫛田氏のものなのかは現在解析中ですが、特殊なうめき声のため、特定が非常に難しい状況です。が、科捜研によりますと、七十パーセントの確率で一致が見られる、とのことです」

「——七十パーセントねぇ」

あちこちでそういう声が聞こえてきた。断定するには足りない、微妙な数値だ。

「それから、気がついた方もいられると思いますが、音声ファイルの最後に、『ふふふ』という笑い声が入っております」

鑑識課員が合図すると、その部分だけボリュームをアップした音声が流れた。

「こちらは解析の結果、その音源域から、女性のものと断定してよいかと」

誘拐犯は女、ということか。この薄気味悪い「ふふふ」という笑い声は、「スワン」と名乗るテロリストのものなのか——。

奈良県警捜査員からの報告は以上だった。

斎藤本部長の隣に座っていた大阪府警捜査一課の課長がつぶやく。

「しかし、こうメールで一方的に要求を出されてもうたら、犯人と交渉しようがありませんなぁ」

おおよそ捜査にはなんの役にも立ちそうもない感想を述べるあたり、現場たたき上げの課長ではないことがすぐにわかった。出世の遅いキャリア官僚だろうか。その頼りない印象に、私は思わずため息をついた。

すかさず美玲がおもしろそうに口角を上げてにやりと笑うと、口を開いた。

「本部長。原さんが何か言いたいことあるみたいですよ」

一同の視線がいっせいに私に注ぎ込まれる。

「いや、私は何も——」

美玲は意地悪そうな口調で続ける。

「だっていま、あからさまにため息をついてはったやないの。何か言いたいことがあるけど我慢しよってるように見えましたけど？」

私は美玲の突然の振りに戸惑いつつも、事件について感じていることを述べることにした。

「――私には、この誘拐事件は本当に背望会の仕業なのかという疑問がありまして」

帳場内が、困惑したざわめきに包まれる。

「へぇ。おもしろいこと言うんやね。その根拠は？」

美玲が馬鹿にしたように言う。

「理由は二つあります。一つは櫛田信正の公式ホームページです。ここに到着する前にざっと確認したのですが――」

私は、海天村の分庁舎にいた吾川刑事の言葉が引っかかっていた。達也は吾川のことを捜査がしたいだけの無能な刑事とこき下ろしていたが、当てずっぽうで事件を語れるほど、つまはじきものの吾川には誘拐事件の情報が下りていないはずなのだ。

吾川がどこで誘拐事件をかぎつけたのかは知らないが、捜査本部に入れない刑事が事件に首を突っ込もうとして最初にすることは、ネット検索だ。

私はそう見当をつけて、車で奈良市内に戻るあいだ、達也のモバイルパソコンを使い、櫛田信正の公式ホームページにアクセスしてみた。そして、「奈良県警の恥部」である吾川刑事と似た結論に達したのだ。

パソコンの前に座る奈良県警の鑑識課員にお願いし、パソコンの画面と前方スクリーンの映像をつないでもらう。検索すると、すぐに櫛田信正のホームページが出てきた。

私は『マニフェスト一覧』と書かれたページを開いて、言った

「これが、櫛田が県知事選に臨む際に取り上げたマニフェストです。彼は『五つの守る』を約束しています。上から順番に言うと、①治安を守る――古都奈良を、背望会をはじめとする過激派テロ組織から守る、②故郷を守る――要は、関西州構想反対、ですね。③雇用を守る、④福祉を守る、⑤環境を守る、とあります」

一同がつまらなそうに私を見ている。

「私はまず、このマニフェストがおかしいと感じました。そもそも、なぜ彼は治安を守るというのを第一のマニフェストに掲げたのでしょう？　斎藤本部長、奈良県の治安ってそんなに悪いんですか？」

「そんなことはないです。統計上、凶悪犯罪率は近畿地方のなかでも最低レベルに近い」

「――おかしいですよね？　しかも櫛田は背望会という名前をわざわざマニフェストに載せています。これがたとえば去年の連続テロ事件の直後だったらわかるのですが、正直あれから一年近くたちますし、すでにあの事件は風化し始めています」

「だからなんやというの？　結論は」

美玲がどこかイラついた表情で言う。

「ちょっと待ってください。それからあと一つ——」

私はパソコンを動かし、ホームページ上から『櫛田信正奈良県知事選立候補表明演説』という動画をダウンロードし、再生して見せた。

「これは、このホームページ上でアップされている、櫛田の県知事選立候補表明演説です」

画面に映し出されたのは、櫛田が拉致された別荘の室内だ。

心地よさそうなカウチと、その後方の窓の奥には張り出した木製のバルコニーが映っており、暗い夜空には満天の星が映り込んでいた。そこへ櫛田が登場し、カウチにゆったりと座って演説を始める様子が続く。

すかさず府警の捜査員たちが、「なんやねん、あの恰好は」、「外人気取りやな」と突っ込みを入れる。

櫛田はガウン姿だった。そして、染め上げた栗色の髪の毛を触りながら、演説というよりも語りかけるように、奈良県知事選に立候補することを宣言し、そして海天村で村長を務めたときの実績を羅列し、最後にようやくマニフェストの読み上げが始まった。

櫛田は画面のなかで、はっきりとこう言った。

「わたくし櫛田信正は、奈良県のみなさんが安心してこの故郷でこれからも生きてくため、『四つの守る』をお約束します」

美玲が思わず声を上げる。

「一つ減ってるやんか！」

その後、櫛田によるマニフェストの読み上げが続いたが、ホームページ上に書かれていた最初の〝守る〟である治安――つまり、背望会云々の件は、立候補表明演説ではまったく触れられていなかった。

「私はこの背望会壊滅のマニフェストは、あとから追加で書き加えられたものなんじゃないかと思ったんです。誘拐事件を背望会の仕業と警察に思わせるために」

美玲が大きなため息をついた。そして口を開く。

「理由は二つある言うたわよね。もう一つは？」

「背望会は昨年、警視庁公安部によって壊滅に追い込まれました。背望会はいまから八年前にも当時の公安部によって創始者及び幹部を逮捕されており、次の黒幕――つまり昨年逮捕されたアゲハがテロ活動を起こすまで、じつに七年の月日を費やしています。つまりは、リクルーターは現在、次の黒幕になりうる人物を必死で探している最中かと思われます。テロを起こすにはまだ早すぎます。しかも、ターゲットが地方の県知事に立候補した元村長というのは、テロをするにはあまりインパクトがありません」

　美玲が即座に反論する。

「しかし原さん、犯人は、あなたを身代金運搬人として指名しておるんですよ。一般人がどこまで、昨年の背望会連続テロ事件で活躍した鑑識課員のことを知っとりますかねぇ」

「……それは」

「原さん、新聞に名前でもでっかく載りましたんか？　それともマスコミ取材でも？」

「まさか」

「警視総監賞獲ったことは、警視庁の広報誌にはでっかく載ったかもしれませんけど、関西の人間はあんたの名前などまったく知りませんよってに。あんたは、あんたが思とるほど有名ちゃいますで」

　美玲があからさまに私を嘲笑して言った。その嘲笑が府警のシマに伝染するように広がっていく。

「犯人は背望会のテロリストやから、あんたのことを知っておった。それだけのことちゃいますか」

「――それも一つの推理としては成り立つと思います。しかし、先ほど私が立てた推理を覆すものでは……」

美玲が蝿でも追っ払うような仕草で手を払うと、斎藤本部長に言った。

「はいはい、ここで議論しても時間の無駄や。本部長、ここは引き続き情報を集めるのが先決やと思います。班割をお願いしますわ」

斎藤本部長は美玲に向かって忠実にうなずいて見せると、紙を一枚取り出して、班割を棒読みしていった。

私の発言は無視されたも同然だった。しかも斎藤本部長は、私と達也を別々の班に振り分けた。

「――警視庁の広田達也警部はリクルーターの顔をご存じのようですから、鑑識課での防犯カメラ分析作業に参加していただけたらと思います。嵯峨警部補、引き続き、警視庁の原さんの面倒をお願いします」

それを聞いた美玲はふんぞり返った姿勢のまま、外人のように肩をすくめて返事をして見せた。

私は思わず立ち上がり、言った。

「ちょっと待ってください！　あの、いろいろあるとは思うんですけど、こういう切羽詰まった状況ですから、慣れている広田刑事と組ませてください」

そして達也に同意を求めようと帳場を振り返ったが――達也の姿はどこにもなかった。

「あらまぁ、逃げ足の早いこと。よっぽど鑑識課との合流作業がいややったんやねぇ」

美玲が噴き出しながら言う。

「男なんて身勝手なもんやね、原麻希巡査部長。いつまでも元婚約者にすがっておらへんで、独り立ちしたらええのに」

その言葉に背中が凍りつく——どうして私と達也が婚約していたことまで知っているのだ。

美玲の爆弾発言に、ざわついていた帳場が少し静かになった。みな聞き耳を立てるようにして、私と達也のプライベートが暴露されるのを待っている。

「ねえ、原さん。広田警部とは、お互いに家庭がある身なんやろ？　東京にお子さん二人とご主人残してきよるのやさかい、元婚約者にべったりやのうて、同じ女同士、仲良う一緒に動いたらええやないの」

私は必死に勇気を振り絞り、美玲と対峙した。

「あ、あんたみたいな……」

「え？」

「あっ、あんたみたいな……のと、一緒に捜査するなんて、まっぴらごめんです！　一人で捜査したほうがましですから！」

そう叫び、踵《きびす》を返して帳場を出ようとした私の背中に向かい、美玲はあっさり言い放った。

「あ、そう。ほな勝手にどうぞ。でも、いったい何をどうやって一人で捜査するつもりなん？　土地勘も人脈もまったくないこの奈良で」

勢いのまま捜査本部を飛び出した私だったが、美玲の言うとおりだった。

私は奈良県内に、人脈も土地勘もない。しかも、足となる車もない。何があったか知らないが、達也はレンタカーごと消えていなくなっていた。携帯電話にも応答しない。相変わらずの達也に地団太を踏みつつ、私は一人、近鉄奈良駅方面に足を向けた。

捜査会議は午前三時から緊急招集で始まったので、まだ外は明け方だった。

空車のタクシーがやってきたので手を上げると、なぜか二台の車が目の前に停まった。一台は私が止めたタクシーだったが、その前方には黄色のミニバンが停まっていた。

ミニバンの助手席の扉が開けられ、車のなかから運転手が、極太の眉毛を上げながら言う。

「ナイスタイミングやろ！　まあ乗りなはれよ、ハラマキちゃん！」

「あ、吾川さん⁉」

呼ばれた吾川は相変わらずの長い髪を揺らして、おもしろそうに笑った。

「こりゃあ、わしも出世したもんやのう。警視庁のウラ捜査官に名前と顔を覚えられとるとは」

「ちょっと、こんなところでいったい――」

「はよ乗れや。後ろのタクシーがどうすんのか苛立っとる」

私は慌てて、つい吾川の車の助手席に乗ってしまった。同時に吾川がアクセルを踏み込み、黄色のミニバンが奇妙なエンジン音を立てて出発した。

「よし。じゃ、まずは須崎八太郎奈良県知事の公邸へ行くかいな」

「吾川さん、ちょっと待って。私、全然状況読めてないです」

「まずは参考人聴取からやろ?」

「そうじゃなくて、どうしてここにいるんですか? 海天村で会ったばかりじゃないですか」

「奈良県内で重大事件が発生したんや。だから村から舞い戻ってきた」

「そもそも、どうしてあのとき、海天村にいたんですか?」

「そら、天下の警視庁から優秀な刑事が二名、奈良にやってきたんやで。これは重大事件発生やと思ってな、あんたらの跡をつけさせてもろうてたんや」

私は驚くやらあきれるやらで、吾川の横顔を見た。

「ま、固いこと言わんと。聴取に向かうで、県知事んとこへ」

「ダメですよ。帳場の捜査員がすでに向かってるはずです」

「連中がおったってかまへんやろが。それともあんた、土地勘も人脈もないこの奈良で、一人で捜査する気やったんかいな」

「……もしかして吾川さん、さっきの会議、出席してたんですか？」

「まさか。この俺様が帳場に顔出せるわけないやろが」

「威張るところじゃないですよ」

「そういやさっき、あんたの相棒が血相変えて県警の駐車場から車出すのを見かけたで」

——達也のやつ。やっぱり一人であの帳場を抜け出していたのだ。

吾川がにやついた表情で、私に顔を近づけてくる。

「あんた、置いてけぼり食ろうたんか」

「……」

「ま、そんならお互いの利益が一致したっちゅうことで、取引き成立いうことやな」

吾川はそう言うと、おもむろに熊のような大きな手をにょきっと突き出してきた。

「お互いの利益って——」

「あんた、嵯峨美玲にこてんぱんにやられよったらしいな」

「どうしてそれを……。やっぱり、捜査会議に出てたんじゃないですか」

「ちゃうて。これや、これ」

吾川はドリンクホルダーに置いてあった紙コップのコーヒーを持ち上げて言った。帳場にあったのと同じ、プラスチックの取っ手付きのものだ。

「帳場にショートカットがよく似合うコーヒーガールがおったやろ」

「コーヒーガールって、パチンコ屋じゃあるまいし。庶務課の婦警さんのことでしょ？」

「彼女が俺の情報屋」

「あきれた――。極秘の捜査情報を担当外の刑事に平気で漏らす警察官がいるなんて。おかしいですよ、あの帳場は。そもそも嵯峨美玲って何者なんですか。斎藤本部長ですら完全に尻に敷かれて、まるであれは彼女が仕切っているかのような帳場でしたよ」

「――嵯峨美玲は怖い女や。あんた、気ぃつけよ」

「え？」

「あいつはオバハン人脈で府警にのさばっとるようなもんやからな」

「どういう意味ですか？」

「嵯峨美玲は大阪のおばちゃんの人脈を駆使して組織を渡り歩いとるんや。そして上司の弱みにつけ込んで、好き放題捜査しよる。府警の上層部も何も言わん――というより、ま、みんな弱みを握られとるんやろ」

「たとえば？」

「直属の捜査一課長は、組対部にいたころのヤクザとの癒着の証拠を嵯峨美玲に取られたらしい。嵯峨美玲は、課長がかつてシマはってたクラブのホステスに盗聴器持たせて、ヤクザと一課長のお金のやりとりを録音させとったんや」

「それって――監察に通報すべき内容ですよね」

「んなことしよったら、府警の組対部は人員が一人もおらんようになる」

「府警って、そんなに癒着がひどいんですか？」

「あんたは鑑識課におるから、足で情報を稼ぐしかない刑事の気持ちがわからんのや。自分の小遣い削って、みんな必死に捜査しとるんや。多少の金づるがないとやってられへんのは、警視庁も同じじゃやと思うで」

　私は思わず首をかしげたが、あながち作り話でもないような気もする。

「それじゃあ、直属の上司でもない奈良県警の斎藤本部長が、あれほど嵯峨美玲に忠実なのはどうして？」

「三年前に奈良県警の管轄で殺人事件が起こってな。やっぱりヘルプで嵯峨美玲らが県警にやってきたんやが、そこで初めて斎藤本部長と激しい対立を繰り広げることになったんやわ。で、嵯峨美玲がいつものウルトラQを使った」

「どんな？」

「斎藤本部長が住む豪華マンション借上げの官舎に、夫人の会があってな。噂話大好きの関西マダムたちから斎藤本部長の不倫情報をつかんだ」

「あらら……」

「本部長かて、真面目な顔しよってもしょせんは男や。奈良県警本部に赴任早々、ならまちのホステスに入れ上げとったらしい。嵯峨美玲一味に路上キス写真を激写されて、あとはもう言いなりや」

「――くだらない」

「だから、あんたも気ぃつけよ。下手こいたら何をネタにいじめられるかわからへん。まあ、いじられたくないような過去や秘密があるのなら、素直に従っておくんが得策や」

　吾川が一方的に話すのを聞いていると、やがて建物自体が文化遺産にもなりえそうな、風情ある屋敷が道の先に見えてきた。どうやらあれが奈良県知事の公邸らしい。

　吾川はいったん曲がり角の手前で車を停めた。車を降りて、ボンネット越しに様子を見守る。

　公邸前に、捜査員の車が三台ほど停車しているのが見えた。府警の刑事らしき何人かがせわしなく敷地と車とを行き来し、そのうちの一人がアタッシェケースを持って外に出てきた。玄関口で恭しく頭を下げると、颯爽《さっそう》と車に乗り込む。須崎県知事から身代金を受け取ったのだろう。

私は吾川とともに曲がり角の塀に身を潜め、府警の刑事たちが立ち去るのを待った。

「――で、女ウラ捜査官・ハラマキちゃんよ」

「やめてくださいよ、その呼びかた」

「犯人の目星はどうや」

「……吾川さんが指摘したとおり、この誘拐事件が背望会の仕業と見るのはどうかな、と」

「やっぱりあんたもそう思うたか。とにかくあのホームページのマニフェストがあまりに不自然や」

「ただ、誘拐犯が私のことを知っているということを考えると、背望会絡みなのかとも思うんですけど」

「脅迫文、読んだか」

「ええ。去年の背望会テロ事件のときも脅迫文は書面で届きました。そのときの差出人はアゲハ、今回はスワンでした」

吾川がふと思案顔になったので、気になった私は尋ねた。

「何か思い当たる節でも？」

「南条リリス」

「――は？」

「南条リリスが関わってるんちゃうか、今回の誘拐事件に」

「何がどうなって、彼女が？」

するとと、話しているあいだに府警の刑事たちが車に乗り込み、県知事公邸をあとにした。見送りに出ていた家政婦が、車が去った方向に丁寧に頭を下げている。

「行くで！」

吾川がそう言って道路に飛び出すと、驚いた家政婦が悲鳴を上げた。

家政婦に驚かせた非を詫び、事情を説明した私たちは、公邸内の広々とした和室へと通された。吾川と二人並んで、座布団の上に正座して待つ。茶と茶菓子が出されてから五分後、和風建築には似合わない上下スウェット姿で、県知事の須崎八太郎が姿を現わした。

手には缶コーヒーを持っている。続けて秘書のような雰囲気の、眼鏡にスーツ姿の男が現われ、私たちに頭を下げた。

刑事が早朝から何度も押しかけたことを不愉快に感じているかと思いきや、須崎はにこやかに口を開いた。

「いやぁ、朝早くからご苦労さんやね、刑事さんたち。コーヒーがよかったか？」

「いやいや、おいしいお茶をいただいております」

吾川がにこやかに答え、続ける。

「さっそくですが、わたくし、奈良県警捜査一課特殊班主任の吾川順次郎と申します。すみません、名刺を切らせておりまして」

吾川は嘘の肩書きを言いながら、警察手帳を遠慮がちに示す。

「あれ？　特殊班の主任さんならさっきいはったけど。山本《やまもと》さんていう」

「あ、失礼しました。山本が主任で、私は主任代行でしたわ、ワハハハハ」

吾川の適当なごまかしを気にする素振りもなく、須崎県知事は私に顔を向けた。

「で、そちらのお嬢さんは？」

「わたくし、警視庁鑑識課の原と申します。今回、身代金の運び人に指定されまして——」

すると秘書ふうの男がはっとして私を見た。須崎の後方に正座していたその男性が前に進み出る。

「このたびはお世話になります。わたくし、櫛田信正の秘書をやっております香取昭雄と申します」

そして香取は、畳に額をこすりつけると、懇願した。

「どうか本日の身代金受け渡しについて、くれぐれも——」

須崎が土下座をしている香取の肩をたたく。

「まあまあ、こちらはプロの刑事さんたちやで。手を抜くようなことはせんやろ。あんたもラクにしよって」

「そうですが……」

考えてみればこれは、現在進行形の選挙戦を戦う現職県知事と敵陣営の秘書が、同じ室内にいるという状態になる。

須崎が続ける。

「いや、ちょっと身代金五千万円の準備に手間取っておりましてな。そこへ香取君のほうから連絡がありまして、少しでも協力をしたいと顔を出してくださりはってね」

「ああ、そうやったんですか。それはまたたいそうなことで」

吾川が調子を合わせて言う。

「いきなり五千万なんて、よう準備できませんわ。わしは資産家でもなんでもあらしまへん。ただの元・人情派貧乏弁護士の政治家ですわ。政治家がコレにならんこと、わかるやろ？」

須崎はそう言って、指でお金のマークを作る。

「たいていの貯金はこれまでの選挙や今回の選挙につぎ込んでおりますよって。そもそも、こんな腹立たしいことはありまへんわ。櫛田が茶々入れてくるまで、わしの二期目は約束されたようなもんやったのに」

　須崎が香取を横目で見ながら、嫌味を言う。

「それが、あの派手好きのパフォーマーが立候補してくるとは……。しかも、その男のために身代金五千万出せ言われてもなあ」

　それを聞いていた香取が、遠慮がちに意見する。

「……お気持ちお察ししますが、うちの櫛田はただのパフォーマーではありません。たしかに見てくれは派手で目立つかもしれませんが、故郷を守るという確固たる信念を持ち——」

　討論になりそうだったので、私は口を挟んだ。

「それで——五千万円は全額そろったんでしょうか？」

「いや。香取君がかき集めてきた八百万を合わせても、三千なんぼにしかならなんだ。いまはうちの親戚連中をあたっとるんやが……しかし、金を出し渋って、万が一櫛田が殺されるような事態になったら、わしの政治生命は絶たれたも同然や。なんや、この事件、ほんまは櫛田でも背望会でもなくて、わしに敵意を持つ人間の仕業ちゃいますか？」

　さすが県知事を務めるだけあってか、なかなか鋭い指摘ではある。

「ところで、香取さんにまずお聞きしますけど」

と吾川が、櫛田のホームページの不自然なマニフェストについて質問をした。

香取は首をかしげながら答える。

「ホームページは外部の制作会社へ外注しておったんですが、あちらの手違いか、こちらが古いほうの原稿を渡してしまったのか――当初は『五つの守る』だったんです。これを考えていたころは、ちょうど東京のほうで背望会のテロがニュースになっていたころでしたから。しかし立候補直前になって、もう背望会云々は流行らないという話になりまして、マニフェストから抜いたんです」

「じゃあ、正しいマニフェストは動画にあった『四つの守る』のほうなんですね?」

「はい。あの動画は最近録画したものですから、あちらが正しいものです」

では、ホームページの齟齬《そご》は、ただの制作会社のミスだったということか――。

すると吾川が今度は須崎に尋ねた。

「ところで、南条リリスさんが今回の県知事選で須崎さんの応援表明をしておりますが、そういうことになった経緯を教えていただけますかね」

「ああ、彼女ね。いや、私も正直驚きましたよ。ぜひ選挙の応援をさせてくれと言われたときにはね。最初に彼女と会ったのは……半年くらい前やったかな。ちょうどいま、海天村で映画の撮影をやっとるやろ」

「ええ、たしかに。映画クルーが村に滞在しとりますね」

「その撮影許可を取りに、当時の海天村村長、つまり櫛田やな。あいつんところを、監督の有栖川と訪ねにやってきたらしい。せやろ？」

須崎にそう問われ、香取がうなずいた。

「はい。たしか去年の秋ごろだったか。ご主人の有栖川さんと一緒に役場のほうに来られました」

「そんで、その帰りにぜひ奈良県知事の私にも挨拶を、と彼女だけがやってきた」

「南条リリスだけが、ですか？」

「せやせや。映画の撮影が奈良県全域に及ぶならまだしも、海天村だけやったら、別段県知事の許可などいらんのになぁ」

「事実、監督の有栖川はおらんかったんですよね」

「せやで。よっぽど彼女、政治に興味があったんやろ」

須崎が香取に同意を求めるようにそう言ったが、香取は「さあ……」と首をかしげた。

「彼女、次の映画がクランクアップしたら女優を引退して政界進出を目指したいんやと野望を話してくれよったで。ちょうどこの部屋で」

半年前、この和室に有名女優の南条リリスが訪ねてきていた。そして、その彼女はいま現在、海天村で行方不明。

一方の県知事は誘拐事件に巻き込まれ、リリスと海天村で顔を合わせていた櫛田は誘拐事件の人質となった――。

「引退、ですかぁ。驚いた。そりゃ、夫で監督の有栖川は大反対したでしょうにねぇ」

「私もそれを考えましたよ。かつて大根役者と呼ばれていた南条リリスを海外に通用する女優にまで育てたのは、夫の有栖川やろ。それを聞いたら、彼女は軽くこう言いましたわ。『夫とは近いうちに離婚しますのでお構いなく』と」

五条駅前のラーメン屋店主から聞いた話が、ふっと脳裏をよぎる。

吾川は納得するようにうなずきながら、続けて須崎に問いかける。

「で、その半年前に対面した時点で、南条リリスは県知事選の応援を申し出たんですか？」

「いやいや。そのときはちょっといやぁな感じやった。どうも、こちらの出方を見とるというか……スパイみたいな感じがしたんや」

「スパイ？」

「せや。次の選挙には出るのかとか、関西州構想についてとか、大阪府知事との懇談会がどうとか……。それからしばらくはなんの音沙汰ものうてな。またこちらに現れたんは、今年の二月末ごろやったかな。次期県知事選に立候補するなら、ぜひ応援させてくれと」

「それで、OKした」

「せや。彼女は有名女優やから、演説なんかに顔出すだけで非常な集客力になるっちゅうのもあったが、わしら関西統合連盟が掲げる関西州構想を強く支持してくれはってな。なかなかおもろいこと言うておったで。東京に復讐したいんや、と」

「東京に、復讐？」

「おうよ。東京がよっぽど嫌いなんやろなぁ。まだ女優として売れる前に、ずいぶん業界でいじめられよったらしいで。せやから、東京をぶっ潰すためにも関西州は必要やと」

つまりリリスは地方出身者で、上京してから痛い目に遭った、ということだろうか。

しかし、たしかリリスは子役でデビューしているはずだが——。

「あの——昨日の午前中、たしか近鉄奈良駅前での演説に南条リリスさんが応援にやってくるはずだったと思うのですが」

私は昨日、達也とともに近鉄奈良駅に降り立ったときに受け取ったチラシの内容を思い出しながら言った。

「せやで。それが、突然急病やと彼女のマネージャーから連絡ありましてな。応援演説は中止になりましたわ。彼女が海天村に滞在中から、応援演説の草稿をメールでやり取りしとって、準備は万全やったんに」

「その草稿、見せていただいて構わないですか」

私がそう言うと須崎は快諾し、ノートパソコンを持ってくると、演説の草稿とリリスとのメールのやり取りをすべて見せてくれた。香取までもメールの文面や草稿を盗み見ている。彼は櫛田が生きて戻ってきて、再度選挙戦を戦うと信じて疑っていないのかもしれない。

「──香取さんは、いつごろから櫛田さんの秘書を？」

私の問いに、香取は初めて顔を綻ばせた。

「赤ん坊のころからですわ」

「え？」

「赤ん坊のころから私は、櫛田の弟分でした。私、生まれてすぐに両親を事故で亡くしておりまして、そのまま奈良市内の養護施設に送り込まれるはずが、櫛田の両親に救われました。海天村で産まれた子は海天村で育てると、櫛田の両親が赤ん坊の私を引き取ってくれまして。当時櫛田は三歳のやんちゃざかりやったみたいですが、そのころから櫛田は私を本物の弟と思って接してくれました」

「それじゃ、養子縁組をなさってるんですか？」

「いえ──櫛田の両親が、香取の姓を絶やしてはならないからと、養子縁組はしておりません。ただ、つい櫛田に尽くすあまり、四十を過ぎてもまだ嫁もおりませんで。

うかうかしよると香取の姓が途絶えてしまうでと、櫛田は私の身の回りのことをいつも心配してくれていました……」

　香取は話しながら言葉に詰まり、やがてそれは嗚咽《おえつ》となった。

　吾川は「櫛田さんのことは、我々が必ず救出しますよってに」と固く挨拶をし、私たちは県知事公邸を辞した。

　藁《わら》ぶきの趣ある門塀を出ると、すでに太陽が東の空に昇り、周囲は明るくなっていた。

　吾川が伸びをしながら言う。

「あんたもリリスのこと、怪しい思いよったんか」

「そりゃあ、彼女いま、海天村で行方不明になってるし」

　すると先を歩いていた吾川が、突然立ち止まった。

「ほんまかいな⁉」

「知らなかったの？　だって私と広田刑事のあとをつけて、吾川さんも海天村に入ってたんでしょ？」

「そらま、たしかに消防団が山さらっとるのを見たが……あれは南条リリスを探しとったんか」

「そうよ。しかも須崎や香取の話によると、リリスと誘拐された櫛田にも接点があったようだし……。そういえば南条リリスはその後、見つかったのかしら。海天村の山越巡査に聞いてみなきゃ――」

私はそう言って携帯電話を出したが、肝心の山越巡査の番号を知らなかった。

「ほらな、ハラマキちゃん。あんたは東京の人間やから捜査しにくぅてしゃあないやろ。こういうときは奈良生まれ奈良育ちの吾川順次郎を頼るべし」

吾川は言いながら、すぐに携帯電話を耳に当てる。

「海天村にも知り合いがいるの?」

「わしはかつて、海天村の神童と呼ばれてた子供やったんやで」

「え?」

「海天村はわしの生まれ故郷や」

「そうだったんだ」

「しかも、海天村警察分庁舎に極上の情報源がおる――あ、もしもし」

電話がその仲間につながったようだ。通話内容から、南条リリスはまだ見つかっておらず、午前七時から捜索を再開するということがわかった。

吾川が電話を切りながらつぶやく。

「分庁舎の人間、憤慨しておったで。警視庁は墓場掘るだけ掘りよって、全部放置して帰ったと」

「しょうがないじゃない。私が身代金の運び人に指名されちゃったんだから」

「海天村にはそもそも警察が少ないからのう。村内には駐在所が四つ、そこにそれぞれ一人ずつ配属、分庁舎には十名の警察官がいるのみや。そのうち半分は総務とか人事とか庶務やから、捜査能力のあるやつはおらん言うても過言ではないわ」

「そんな少人数で平気なの？」

「平気やったんや。この十年、海天村で起こった事件といえば、木材強盗と車上狙いくらいやで」

「それがいまは蜂の巣をつついたような騒ぎでしょうね。そもそも櫛田は海天村の別荘で拉致されたわけだし、庄原巡査の遺体損壊事件についで、南条リリスまでいなくなってしまって――」

　私はそこで、ずっと疑問に思っていたことを思い出した。

「そういえば、吾川さん。どうして南条リリスがこの誘拐事件に関わっていると思ったの？」

「――スワンや」

「脅迫文の差出人の？」

「せや。南条リリスは数週間前から、海天村で映画撮影しとったやろ」

「ええ。それで夫の有栖川監督やそのほかのスタッフもいたわ」

「その映画、『スワン』ちゅうタイトルらしい」

「え……!?」

「その昔、実際に海天村で起こったと言われる事件をモチーフにした映画らしいんやが、その映画でリリスが演じとるのが、坂出《さかいで》コウという、村に実在した悪女の役なんや」

「坂出コウ……」

「通称〝呪われたスワン〟や……」

チャプター3　奈良県知事選候補者身代金誘拐事件

午前八時四十五分、吾川の車で奈良県警本部に戻った私は、捜査会議に出られない吾川といったん別れた。そして帳場をくぐろうとしたとき、いきなり誰かに強く腕をつかまれた。

振り向くと、いつの間にか県警本部に戻っていた達也だった。達也は「ちょっと来い」と、私を階段の踊り場に連れ出した。

「いったいどういうつもりなのよ。足がない私を一人、置いてけぼりにして——」

「どうだ。何かつかんだか？」

「つかんでても教えてやんない」

「子供みたいなことを言うなよ。事件を解決したいだろ」

「達也こそ何かつかんだんじゃないの？　情報を独り占めしたいから、私を置いてさっさと一人で消えたんでしょ。情報を隠すのは公安刑事のいつもの手じゃない」

するとそこで、私の携帯電話が鳴った。着信には菜月の小学校からとある。慌てて電話を取ると、相手は菜月の担任教師の女性だった。

「じつは、送迎バスの運転手から報告を受けたのですが、菜月ちゃん、今日は調布駅前まで一人で来たみたいなんです」

「え……!?」

菜月の送り迎えに関しては、いつもは健太が、休みや遅番のときは私が、調布駅北口にある菜月の通う私立小学校専用の送迎バス停まで必ず見送りに行くのだが――。

私はとりあえず担任教師にお詫びを言って電話を切り、ついで健太の携帯電話に電話をした。今日はどうやらパン屋が定休日らしく、健太は朝から家を空けていたようだ。私が健太を責めると、健太は、

「だって、親父がいいって言ったんだよ。なっちゃんの見送りは俺が行くからって」

と言い返してきた。

今度は夫の携帯電話に電話する。

「あなた、いまどこ？」

「ええと……カイシャだよ。家にいてもすることなくて、仕事に来ちゃった」

私はあきれ果て、額に手を当てた。

「することないって、こんなときに菜月を一人にするなんて――」

「いや、送迎バス停まで送るつもりだったんだけど、なっちゃんが必要ないって。二

年生になってからは一人で通ってるって言うから」

それは大嘘だ。学校の規則で、三年生までは必ず保護者がバス停まで送迎することになっているのだ。事情を説明すると、夫は一瞬息を呑み、答えた。

「わかった！　いまからすぐに菜月の学校へ行ってくる」

「——行ってもしょうがないわ。もう授業が始まるころだし」

「だけど、学校に謝りに行かなきゃ」

夫の言動は完全に空回りしていた。これまで菜月の子育てにいっさい関知してこなかったのだ。わからないことだらけなのはわかるが、いちからさまざまなことを教えるのはこちらも骨が折れるし、そもそも私自身、夫が何をわからないのかがわからない。

「——とにかく、お迎えだけはしっかりお願い。今日は四時間で授業が終わるから、午後二時に調布駅北口に必ず迎えに行ってね」

私は一方的にそう告げると、電話を切った。様子を見守っていた達也と目が合う。

「大丈夫か。大変そうだけど」

「……帳場に戻るわ」

私は達也の横をすり抜けて階段を上がったところで、はっと息を呑んだ。

廊下の壁によりかかった状態で、美玲が顔をにやつかせながらこちらを見ていたのだ。どうやら私たちの会話を盗み聞きしていたらしい。

「刑事の仕事と家庭を両立させるって、大変やろうねぇ。仕事ひと筋の夫は頼りにならんしな」

「何が言いたいんですか？」

「それにしても、ご主人はびっくり仰天やろうなぁ。まさか大事な子供の話をしよる横に、元婚約者がいるなんて――」

達也があいだに割って出た。

「おい、ちょっとあんた、いい加減にしろよ！」

「広田警部」

美玲は達也のほうを向き、口調を変えてぴしりと言った。

「公安刑事のあなたにひと言言っておく。私は事件を解決したいんや。せやから、あんたら公安の輩《やから》が情報を独り占めして暗躍するんがいちばんむかつくんや」

「……」

「次の捜査会議では、必ずつかんだ情報を開示してくださいね。もちろん原さん、あんたもやで。吾川刑事とあれこれかぎ回ってたんやろ？　それにしたって、警視庁の秘匿捜査官ももう落ち目やね。奈良県警の恥部とまで言われとる刑事とコンビを組むなんて」

――どこまでもヤな女。

私はにやにや笑う美玲の横をすり抜け、帳場に入った。

美玲が巨乳を揺らして私の隣に着席したところで、櫛田誘拐事件の二回目の捜査会議が始まった。

櫛田の近辺をあたっていた刑事から、いきなり大きな情報がもたらされた。誘拐された櫛田信正と、現在海天村で行方不明となっている南条リリスの不倫疑惑が持ち上がったのだ。

得意顔でマイクを持ち、報告をしているのは、奈良県警捜査一課の曽根《そね》という刑事だった。どこかで見たことがある顔だと思ったら、以前、奈良県警本部で暴れる吾川を必死に取り押さえようとしていた小柄な刑事だった。

曽根はマイクを持ち、ホワイトボードに新たに貼られた、女優・南条リリスの顔写真を指しながら、リリスと櫛田がいかにして出会ったのか説明を始めた。

その情報は、私と吾川が須崎県知事から聞き出した内容とほぼ一致していた。不倫証言は櫛田と離婚調停中の妻・洋子からもたらされたという。

「離婚調停中ということもあり、なかなか妻の洋子も口が堅かったんですが――櫛田が無事救出されない限り、目当ての慰謝料はもらえませんでと言うたところ、ようやく不倫の話を聞かせてくれるということになり、さっそく我々は橿原市へと飛びました。

リリスと櫛田の不倫は、二人が出会った昨年の秋から続いていたことで、洋子は探偵に依頼して現場写真も押さえとりました」

しかしその写真は、係争中の離婚調停の物的証拠なので提出することはできないと、あいだに入った弁護士に断わられてしまったらしい。

「手元にその写真はありませんし、私も目で見たわけではないですが——櫛田の妻やその弁護士の態度からして、リリスと櫛田の不倫関係はまず間違いなかったと思われます」

「——しかし、それを提出できないまでも、見せへんちゅうのは妙な話やないの」

美玲が口を挟む。

「はい。現在離婚調停中の櫛田の妻は、慰謝料一億円を要求して泥沼の離婚劇を繰り広げております。というのも、櫛田からDVを受けたと訴えておりまして。首に大きなあざが残るほどで、そのあざの証拠写真も見せてほしかったのですが……」

「また係争中だからと断わられたの？」

「はい……まぁ、櫛田の妻は、よく首を絞められたと言い張るんですが」

「あ、あの——」

また美玲にいじめられるのを覚悟で、私は発言した。

「じつは須崎県知事からの証言でも、南条リリスについての話題が出たんですが――南条リリスが須崎県知事の応援表明を公にしていることはみなさんご存じだと思います。須崎県知事と南条リリスも半年前に出会っていたそうです。しかし須崎県知事いわく、そのころの南条リリスは応援云々というよりも、選挙情報を探るようなスパイのような感じだったと」

美玲が興味を持った様子で、身を乗り出して私の顔を下からのぞき込む。

「それはむしろ、櫛田とリリスの不倫を裏づけるものになりえると思うんです。いずれは奈良県知事選に立候補する予定だった櫛田に、リリスが現職知事の情報を与えるという――。ただ不思議なのは、今年の二月末になって突然、リリスが須崎の側に寝返ったことです」

「二月末といえば、櫛田がちょうど任期満了で海天村村長を退任したころやね」

美玲が言った。

「そうです。そのころに櫛田とリリスのあいだに、もしかしたらいざこざがあったのかもしれません」

美玲に揶揄されるかと思ったが、意外にも彼女は斎藤本部長にこう進言した。

「この件については捜査員を増やして情報を得るべきやないですかね？」

斎藤本部長が大きくうなずく。私はさらに続けた。

「あともう一つ。これもまだはっきりとしたことがわかったわけではないのですが、南条リリスが海天村で撮影をしていた映画のタイトルが『スワン』というらしいんです――」

「本部長！」

美玲が大声を出して立ち上がった。私は圧倒されて反射的に座ってしまった。

「南条リリスの失踪とこの誘拐事件は、何か関連がある可能性が高いですわ。捜査員の何人かを海天村に派遣し、南条リリス発見に全力をあげるべきや思いますけど」

「そ、そうしましょう」という斎藤本部長からの案の定の返答があったところで、この件の報告は終わった。

「次に、何か情報をつかんだ捜査員は？」

美玲があからさまな様子で、真んなかの席に座る達也を振り返った。

達也は目を閉じ、聞くに徹している。

すると美玲は真っすぐ前を向き、手を挙げた。

「斎藤本部長。四時間後に迫りました身代金受け渡しの段取りについて、府警を代表して提案があるのですが」

斎藤本部長は黙々とうなずくのみだった。不倫現場を押さえられてしまった彼に抗うすべはない。

「まず、原巡査部長は午後十二時半に帳場を出発。現金入りのアタッシェケースを持って、十二時四十分には興福寺で受け付けを済ませる。そして肝心の、追尾班の振り分けについてですが――今回は、非常に厳しい判断を迫られることになるやろうと思います。

というのも、犯人との交渉がいっさいできない現実、さらに犯人は凶悪テロ組織・背望会と考えられております。それが単独犯なのか、組織立った犯行なのかすら不明ですが、警視庁公安部のみなさんはもちろんのこと、我ら大阪府警や奈良県警捜査員の面が割れている可能性を考慮すべきです。

本来ならば、県庁の観光課と協力をして、件《くだん》の時間帯のみ、興福寺の一般出入りを封鎖、代わりに観光客に成り済ました捜査員を大量投入すべきやと思うんですが――」

私は驚いて美玲の横顔を見つめた。まさか――。

「――人質の人命を第一優先とし、受け渡し場所での捜査員配置は、今回に限ってナシとするべきやと思います」

どよめいたのは、後方席に座る奈良県警の捜査員たちだった。府警の連中はこの話をあらかじめ聞いていたのだろうか、黙って座っている。

斎藤本部長が口を開く。

「まあそれは、いたしかたない処置かもしれないですね」

私は即座に抗議しようとしたが、達也が私より先に立ち上がり、激しくかみついた。

「ちょっと待て！　それはあまりにもひどすぎないか。原刑事や、その場に居合わせた観光客の身の安全を考えないというのか！」

すると斎藤本部長に代わり、美玲が答えた。

「アタッシェケースには小型の発信器が付いとります。身代金受け渡し後、発信器で犯人を追尾し、アジト、もしくは観光客並びに一般人に危害の及ばない場所にて確保をすれば――」

「それは当たり前のことだ！　味方の援護なしに原刑事を単独で背望会のテロリストと接触させるなんて、彼女にもし何かあったら……！」

「もちろん、興福寺周辺には百人態勢で捜査員を配置します。せやけど、人質の人命優先を確保しないうちは――」

「まだ人質解放の話は具体的に進んでいないじゃないか！　原刑事の命も危ないうえに、金も持ってかれ損になるかもしれないんだぞ！」

「犯人との交渉は不可能なんやで！　こちらの要求を伝えることができない以上、人命優先で考えへんと！」

「人命、人命って、彼女の命だって立派な人命だろうが！　そもそも原刑事は昨年の背望会テロを解決した功労者だ。背望会の残党がそれを恨み、彼女を殺すために誘拐事件を仕込んでおびき出しているという推理だって成り立つはずだ！」

達也の勢いに、美玲は沈黙した。そしてしばらく達也とにらみ合ったのち、口を開いた。

「広田警部。先ほどからあんた、ずいぶん原巡査部長の身の上を心配しておられますけど、命を付け狙われとるのは彼女ではのうて、人質の櫛田ですよ」

「……そうだが、援護をつけないで単独で犯人と接触させるなんて、あまりにも……」

「あんたまるで、背望会リクルーターがチャカでも持っとるような心配のしようやね」

その発言を聞き、達也が思わず口ごもった。何か迷っている様子だ。

「先日、大阪府警管内であった裏カジノ摘発の際、背望会リクルーターの指紋が検出され、その件に関してずいぶん府警で強権的に振る舞ってらっしゃったようやね、広田警部」

「……どういう意味だ」

「広田警部、第一回捜査会議の直後、原刑事すらも放置して、慌てふためいて車飛ばして、いったいどこへ行きよったんです？」

達也が目をそらし、口を閉ざす。

「うちの組対部がついさっき、嘆いとりましたわ。リクルーターと取引していたらしい上海のチンピラの身柄を、今朝がたいきなり押しかけた警視庁公安部に横取りされたと」

「……」

「公安一課って言うてましたから、あなたのお仲間なんやないですか？　そしてその上海のチンピラから、何か重要情報をつかんだんちゃいます？」

達也の口元が、ぴくぴくと動いている。

「だから、直接身代金を受け渡しに行く原刑事を心配しておるんですわ、あんた」

美玲がすべてお見通し、という様子で言った。

達也は一度私のほうを見たあと、深いため息をつき、ようやく口を開いた。

「――その上海のチンピラがゲロった。リクルーターにチャカを一丁、売ったと。リクルーターはそれを持って、摘発から逃れた」

捜査本部にざわめきが起きた。

誘拐犯は、拳銃所持の可能性が高い。しかもその情報を、警視庁公安部が独り占めしていた――。

捜査員からいっせいに達也に非難が浴びせられる。達也はいっさい表情を崩さず、黙って非難を受け止めている。情報を外に出さないままで容疑者を確保し、警視庁に身柄を連行することが達也ら公安の目的だ。このまま美玲のもとにいては、その身柄は大阪府警並びに奈良県警のものとなってしまう。達也の気持ちはわからなくもないが――。

「貴重な情報をどうもありがとう、広田警部」

美玲は余裕たっぷりでそう言った。おそらく、美玲は達也からこの情報を吐かせるために、危険な身代金受け渡しの計画を発表したのだろう。

「警視庁公安部からの貴重な情報により、犯人は拳銃所持の可能性が高いことがわかりました。斎藤本部長、奈良県警捜査員に拳銃所持の許可を。府警一課にも同様の指示が下りるよう、ご配慮のほどを」

それを聞いた斎藤本部長は、今回ばかりは顔を真っ青にさせて硬直した。

「ほ、ほ、本気、ですか――」

部下が弾を暴発させただけで、本人とその上司の昇進の道が断たれるほど、日本の警察組織は拳銃の扱いに対する処分が厳しい。

法務省栄転を目前に控えた斎藤本部長のことだ。無用な発砲が万が一観光地で起こってしまったら、栄転の話は立ち消え、自身は降格のうえ、僻地《へきち》へ左遷されることは目に見えている。

斎藤本部長はわなわなと震えたまま、なかなか首を縦に振らない。

「斎藤本部長！　部下の殉職と自身の左遷、どちらを選ばはりますのや！」

美玲の檄《げき》が飛んだ。

「わ、わかりました。担当捜査員には、拳銃所持をきょ、きょきょきょ、許可、します。府警のほうにも、私のほうからすぐに連絡を――」

後方に陣取っていた奈良県警捜査員がいっせいに動き出した。府警の捜査員たちも「いったんカイシャ戻るで！」と立ち上がる。

美玲は私を見下ろして言った。

「あんたも上司にすぐ連絡して、拳銃所持許可を出してもらったらええ。もっとも、許可が下りたとしても、遠方の東京からあと数時間で拳銃が届くやろか。拳銃をバイク便で送るわけにもいかんしなぁ……」

「……」

「あんたの元婚約者が、もうちょっとはよう情報出してくれはったらねぇ――」

美玲はわざとらしく私の肩にぽんと手を置くと、去っていった。

私はいったん帳場を離れ、警視庁鑑識課に電話をした。鑑識課長に事情を話し、拳銃携帯許可の依頼をする。すると、そういうのは上から話を通してくれ、と案の定の返事が来た。

帳場に戻り、胃薬を飲んでいる斎藤本部長のもとへ駆け寄った。私に対する拳銃携帯許可を警視庁に出すように依頼したが、斎藤本部長は壁の掛け時計を見て「時間的に無理だろうな」とつぶやいた。それでもいちおう、所定の用紙を持ってくるようにと部下に命令する。

――書類のやり取りをしているあいだに、身代金の受け渡しは終わるだろう。

奈良県警庶務課の警察官たちが次々と防弾チョッキやホルスターを帳場へ運び込んでくる。捜査員たちはそれらを身に着け、準備ができた者から拳銃保管庫へ向かっていった。

一人取り残された私は、興福寺国宝館の内部地図や周辺地図を確認したり捜査資料を見直したりしていたが、気持ちはまったく落ち着かない。

拳銃所持の犯人と、丸腰で対峙する。ほかの捜査員たちは全員、拳銃装備しているのに――。その恐怖と理不尽さに動揺し、正常に物事が考えられなくなりそうだった。

一度、外の風にあたろう。

帳場を出ようとしたところで、制服姿の初老の警察官が汗を垂れ流して飛び込んできた。

「斎藤本部長、大変です！　じつは――」

報告を聞いた斎藤本部長は珍しくあばた顔を赤らめ、激昂《げきこう》してその警察官を怒鳴っていた。庶務課長と思われるその警察官は、土下座せん勢いで言い訳を述べている。

「なにぶん突然のことだった挙句、課をまたいで百人規模の捜査員に拳銃をとなりますと、行列のなかに吾川が混ざっておったなんてまさかというか、なんというか——」

吾川がまた何かやらかしたらしい。

私は県警本部のロビーを出て、吾川の携帯電話に電話をしてみた。

「吾川さん、いま、どこ？」

車の運転中だったらしい吾川は、「ちょっと逃亡中やけど、いま、迎えに行くわ」と言った。

「いや、いいのよ。私もいま忙しいし」

「大事な話があるんや」

吾川はいつになく深刻な声で、そう答えた。

吾川の指示で、私は奈良県警本部から数キロ西にあるＪＲ奈良駅前で彼と落ち合った。

「大事な話って何？　何かわかったことがあった？」

顔を見るなり私がそう聞くと、吾川は呑気な顔で、

「まあ腹が減っているやろうから、飯でも食いながら」

と言うと、ならまちの一角にあるうどん屋に私を連れていった。

店の暖簾《のれん》をくぐる。まだ朝十時ということもあってか、店内の客はまばらである。吾川が個室を指定すると、店員がこぢんまりとした部屋へと案内してくれた。

窓の外には奈良公園の緑と、興福寺の五重塔《ごじゅうのとう》がよく見えた。その奥には春日山の原始林が青々と広がっている。

店員がオーダーを取って去ったところで、吾川に言った。

「さっき帳場で、庶務課長が思い切り斎藤本部長に怒鳴られてましたよ。吾川さんがどうのって」

「わしは警察官として当たり前のことをしとるだけや」

「だけど、警察は縦社会ですよ。上司の命令には従わないと――」

「そんなつまらんことを言うとったら、正義を貫くことはできん」

ひと昔前の頑固親父のような様子で、吾川はあぐらをかいた膝の上に手を置いて、そう断言した。

「長い交番勤務を経て、ようやく憧れの刑事になれたいうんに、たいした事件は起こらんし、ペーパー仕事ばっかりや。そこへ、今回の事件がぽんと起きたんやで。ここで仕事をせんで黙っておったら、それこそ税金の無駄や。わしはまがりなりにも公務員や。奈良県民の血税で飯食うとる。仕事せな」

「そんなに仕事がしたかったのなら、平和な奈良県警じゃなくて、大阪府警の警察官登用試験を受ければよかったんじゃない？」

「何を言うとる。俺は奈良生まれの奈良育ち、奈良の飯を食うて大人になったんじゃ。それを他県に就職などありえへんやろ」

「――そんなふうに狭義に考えなくてもいいと思いますけど」

吾川はわざとらしくため息をついた。

「やっぱり東京の娘っ子はみんな同じじゃの。奈良県警に就職決めたときも、似たようなことカノジョに言われよったわ」

「……へえ。東京にカノジョがいたんですか」

「わし、これでも東京の大学を出とるからの」

そこへ店員が二人やってきた。一人はめんつゆと天ぷら、小鉢が載った膳を持っていて、後ろの一人は大きな樽《たる》を抱えている。なかには手打ちうどんがたっぷり、氷水のなかでゆらゆらと揺れていた。

「……なんか、想像できないですね。吾川さんが東京にいたなんて」

「ブイブイ言わしてたがな」

「じゃあ、その彼女さんとは結局、遠距離恋愛だったんですか」

「そうや。寂しい、寂しいいて、毎晩のように泣きながら電話してきよるさかい、警察学校行っとっても勉強に身が入らんで。仕方ないから嫁にもろた」

「えっ⁉　……でもまだ、二十三歳とかの話ですよね」

「ああ。ちょっと早かったからの。互いに我慢が足りんで、五年で離婚した」

店員が膳を並べているのもお構いなしに、吾川はペラペラと話を続けた。

「まあでも、二十代で子供もなく離婚なら、いくらでもやり直しがききますよ」

「おったで、子供。三人」

「えっ」

「下の二人はもう中学生や」

「じゃ、上のお子さんは高校生？」

「いや、上の子は死んでしもた。四歳のときに、交通事故でな」

店員は膳を並べ終えて深く頭を下げると、そそくさと個室をあとにした。

「もう、夫婦で激しい罵り合いや。お互いに、娘が死んだ責任をなすりつけおうてな。離婚以外に道はのうなった」

「……まあ、いろいろありますよね。それなりに人生重ねてくれば」

無言でいるのも失礼と思ったので話をまとめてみたが、口に出すと軽い言葉になってしまった。

「あんた、結婚しとるんか」

「はい。子供も二人います。一人は夫の連れ子ですけど」

「ようがんばるのう。鑑識の仕事に女秘匿捜査官に、妻に母親に――」

「いや、そもそも女秘匿捜査官ってのはいまは違いますし、家事は義理の息子に任せっきりで――。彼、もう二十六歳なんで、私と十しか年が離れてないんです」

吾川は、へえ、と驚いて言った。

「不思議やの。夫の連れ子が自分と十も離れてへんのに、あんたはうまくやっとる」

「でも……家事と育児を全部、その息子にやらせっぱなしなんです。それも問題なんですよね。いつまでも息子に甘えていたら息子の人生が、とも思うんです」

「……あとは？」

「え？」

「それも問題、言うたやろ。あとの問題は」

「あとの問題は……七年間の、空白」

「七年の空白って？」

「夫も現場の刑事なので、いろいろお互いに勘違いしていたことがあって……七年くらい、夫とはほぼ別居状態だったんです。私はずっと夫に愛人がいるんだと思い込んでいて。そのときはまだ、帰ってこない夫に愚痴とか文句とかなんでも言えたのに、じつは夫の七年間の不在は、私たち家族を思ってのことだったとわかった途端に、なんというか、何も言えなくなってしまって……」

私はそこまで言うと急にのどの渇きを覚え、お冷を一気に飲み干した。吾川が何も言わないので先を続ける。

「夫には頼みたいことややってほしいこと、気がついてほしいことがたくさんあります。だけどそれを上手に伝えられないし、あの人も何をどうしていいのかもわからないみたいで……」

「なんでや？　遠慮せんと、言いたいことを言うたらええんちゃうか？」

「……言えないんです。どうしてだかわからないけれど……」

「……」

「七年間ずっと、私たち夫婦は危機のなかにあると思ってました。そして、それを乗り越えたんだと思ってたんですけど、違ったんです」

「……」

「そもそも私たちは、夫婦になれてなかったんです」

「……だから、言いたいことも言えへんのか？」

「……怖くて。嫌われるのが。まるで片想い中の中学生みたいですよね。夫相手に何考えてるんだろ、私……」

何かアドバイスでもしようと思っているのか、吾川が深刻な顔をし始めた。私は慌てて話を事件に戻す。

「そういえば、捜査会議ですごい情報が出たんです。南条リリスと——」

「誘拐された櫛田が不倫関係にあったたんやろ？」

「もうコーヒーガールから情報が？」

「もちろんや。そのうえ、リクルーターが拳銃を所持していることも判明したんやろ。捜査員全員に拳銃所持の許可が下りた」

「はい。——府警と奈良県警には拳銃の所持許可が出たんですけど、警視庁の私は拳銃を受け取ることはできないです。おそらく、時間的に無理」

吾川はうどんをごくりと飲み込んだあと、箸を置くと、暑苦しい革ジャンの内側に手を入れた。ホルスターがちらりと見える。

彼は拳銃を取り出し、それをテーブルの上に置いた。

「使えや」

「……吾川さん、まずいです。拳銃の無断貸与ですよ」

「あんたのためやない。あんたの子供たちのためや」

「……」

「受け取らんかい。このためにわざわざ、高い金払うて個室のある店に入ったんじゃ」

「……でもこれ、本部にばれたら……ただでさえ庶務課でどさくさ紛れに拳銃受け取ったんですよね。停職処分とかになったら……」

「そんときはそんときや。だがな、こうして拳銃をこっそり貸すチャンスがあったのに処分が怖くてせんかって、もしあんたに万が一のことがあったとしたら——わしはあんたの子供たちに合わす顔がない」

「……」

「死んでる場合やないやろ。あんたは子供がいる母親なんやから。どんな手段を使ってでも生き残れや」


正午——出発のときが迫っていた。犯人との交渉はかなわぬまま、約束の時間が近づく。

結局、警視庁から拳銃の許可は下りなかった。警視庁の刑事が管轄外で発砲なんてことになったら、庁内の誰かの首が飛ぶ事態だということらしい。しかし、防弾チョッキはあっけなく奈良県警本部から貸与された。

一方、防弾チョッキに拳銃を所持した大阪府警の捜査員たちが、ぞくぞくと帳場に戻ってきていた。すでに斎藤本部長が割り振ったA〜D班は、配置場所である興福寺周辺へと出発している。待機中のE班F班もウォーミングアップを始めていて、屈伸したり腰を回したりと身体を動かしている。

十二時十五分。須崎県知事公邸へ行っていた大阪府警特殊班が、ようやく追加の現金を持って戻ってきた。しかし残りの二千万には程遠く、合計金額は三千五百五十万円だった。

府警の鑑識課員が、準備されていたアタッシェケースの内張り布の一部を切り取り、画びょうほどの大きさの発信器をセロテープで取りつけた。そして上から布を接着剤で張りつける。さらにドライヤーで接着面を乾かしたところで、奈良県警の特殊班が準備したダミーの万札を底のほうに並べていく。最後に須崎県知事が準備した現金を上から隙間なく敷き詰め、蓋を閉じた。

「原巡査部長。重さを確認しといたらええで」

美玲が言う。私はアタッシェケースの取っ手をつかみ、上げようとしたが、思わず床に落としそうになった。必死でこらえ、再びよいしょと持ち上げる。

「――けっこう重たいですね」

「アタッシェケースで三キロ、現金五キロで合計八キロや。男でもこれ持って歩くのはけっこうきついで」

十二時二十分になった。斎藤本部長が声を張り上げる。

「続いてE班F班、待機場所へ速やかに移動！」

帳場に、男たちのうぉおおっという気合いの入った返事が響き渡る。

カメラや観光地のパンフレットを手にした刑事たちが帳場をあとにする。なかには観光用人力車を引く車夫の格好をしている刑事や、バスガイドの格好をしている女刑事もいた。

　捜査本部は庶務課の警察官たちと斎藤本部長ら奈良県警及び大阪府警の上層部、そして美玲と私だけになった。

　美玲はパソコンを十台並べて何やら調べている鑑識課の後ろに立ち、それぞれの画面を見比べていた。彼女は指揮官である斎藤本部長の補佐として、この帳場に残るようだった。

　奈良県庁の観光課、及び商店街の防犯係と連携し、街中にある防犯カメラと国宝館内部にある防犯カメラ、合計十台のデータがリアルタイムでこのパソコンに転送されてきている。準備は万全だ。

　十二時半になった。

　私はアタッシェケースを右手にしっかり持ち、残っている捜査員たちに敬礼する。みな口を真一文字にして敬礼してみせたが、美玲だけは腕を組んだままの状態で言った。

「お手並み拝見やね、警視庁の女秘匿捜査官さん」

　私は帳場を出て、一階でエレベーターを降りた。そのまま玄関口には向かわず、いったんトイレに入る。

約束どおり、いちばん奥の個室が使用中になっていた。その扉をノックする。

「夏」と個室のなかから声がする。私が「アルタイル」と打ち合わせどおりに答えると、鍵が開いた。吾川が私にトートバッグを手渡しながら、言った。

「なんで女子トイレで待機やねん」

「男子トイレにそう簡単に入れるはずないでしょ。それより、吾川さんが指定した暗号、覚えにくいですよ」

「夏といえばアルタイルやろ」

「なんですか、それ」

「夏の星座や！　夏の大三角形の――」

吾川の話を聞いている暇はない。私は話もそこそこに吾川を追い出し、個室の鍵をかけた。

トートバッグのなかから吾川のホルスターを出し、装着する。ベルトの長さを調整し、拳銃の弾数を確認すると左脇腹下に差し込んだ。上から七分袖の白いジャケットを羽織り、ボタンを締める。

扉を開けて、待機していた吾川にトートバッグを預けた。

アタッシェケースを持ち上げる。

「気ぃつけろや」

吾川がぴんと背筋を伸ばし、敬礼した。私も敬礼に答え、奈良県警本部をあとにした。

十二時四十五分。

興福寺入り口に到着した私はふうっと大きくため息をついたあと、ワイシャツの内側に取りつけてあった無線機に向けて、興福寺に到着したことを本部に伝えた。雑音ののち、耳のコードレスイヤホンから美玲の声が聞こえてきた。

「あんたの姿、入り口の防犯カメラで見えるけど——なぜこの暑さでジャケットを一枚羽織ったん？」

——さすが、鋭い。

「防弾チョッキが目立つと困るので」

美玲は何も答えなかった。納得していないのかもしれない。

入り口右方向に目をやると、アイスクリームを売っている老婆がいた。つば広帽の下から、鋭い眼光がのぞいている。あれは大阪府警の眉なし刑事だ。そり落とした眉毛の上から不自然な眉毛が描かれていて、女装した男と気がついた修学旅行生が、「やべぇ、オカマだぜ、あれ」と友達とひそひそやっている。

ほかにも、観光客の団体を装ったE班が左側に控えているのがわかる。車夫の格好をした府警の刑事は、老夫婦に料金を聞かれて困っているようだ。

アタッシェケースが重たい。もう腕が疲れてきた。左手に持ち替えて、興福寺のなかへと入る。一般客のふりをして入場券を買い、真っすぐ国宝館へ向かう。

薄暗く、冷房の効いた館内には、ずらりと国宝級の仏像が並んでいた。私は展示場の奥にある阿修羅像前へと急いだ。

さすが、国宝阿修羅像の前は人だかりである。

しかも後方からは高校生の団体が近づいてきていた。脅迫状に書かれていた、九州からの修学旅行生だろう。彼らが来る前になんとか受け渡しを終えたい——。

気がつくと、手のひらにはぐっしょりと汗をかいていた。私はアタッシェケースを右手に持ち替えて、ゆっくりと阿修羅像前の人だかりに入っていった。

そして、シャツの襟ぐりに取りつけた隠しマイクで、阿修羅像前到着を知らせる。すぐに美玲の返答があった。

「了解。防犯カメラでよく見えとる。不審者はおらへん?」

「いまのところは」

「あと五分で一時ちょうどや。目立たんようにな」

五分が異様に長く感じられた。私は何度もアタッシェケースを持つ手を替えて、手のひらにじっとりとわく汗を太もものジーンズにこすりつけた。

「あと十秒で一時ちょうど」

美玲がイヤホン越しに言う。私も腕時計に目を落とし、秒針が12へ到着したのを見届けた。そのとき、携帯電話がバイブした。心拍数が一気に上がる。

ジーンズから携帯電話を引っ張り出し、ディスプレイを見る。

美玲の声がイヤホン越しに聞こえてきた。

「電話？　誰？」

「非通知です」

「出て」

私は慌てて通話ボタンを押した。

「もしもし」

「――お久しぶりです。佐藤《さとう》麻希さん」

背筋に悪寒が走る。私を旧姓で呼ぶ、この声――。

「四年と三カ月と、八日ぶりですね。僕が誰だか、わかりますか？」

「……」

「北海道の紋別《もんべつ》でお会いした、鈴木《すずき》です」

背望会リクルーターだ。

四年前、彼は私を背望会にリクルートするため、「鈴木」という高校教師を装い、私の前に姿を現わしたのだ。

「もしもし？　そう驚かないでください」

私は人混みを離れ、携帯電話を左手に持ち替えた。

「――本当にお久しぶりね。まさかあなたからじきじきに電話が来るなんて、意外だわ」

「驚かせてしまいましたね」

「この事件、あなたの仕業なの？」

「だから電話をしています」

――私と吾川の読みは外れていた。この事件は、本当に背望会の仕業だったのだ。

「なるほど。去年はアゲハを仕立て上げて、今回はスワン。いったい誰をたらし込んでまた事件を――」

「まあそう興奮なさらず。しかし、今日は暑いですね。いよいよ初夏です。日中の気温は三十度近くまで上がるそうですよ。半袖の人もたくさんいます」

「だから何？」

「あなたはずいぶん厚着ですね。白いジャケットの下には、拳銃を隠し持っているのかな」

私は思わず周囲を見渡した。リクルーターは近くにいるのか。

「──あなた、いまどこにいるの」

「どこ？　もちろん奈良県ですが」

「ふざけないで。どうして私の服装を──」

「あなただけじゃない。興福寺入り口のアイスクリームを売っているおばさん──彼女も厚着ですねぇ。その近くにいる車夫も、異様に胸板が厚い。防弾チョッキでしょうか。興福寺に四つある出入り口前には、スーツを着込んだ刑事たちが車で張っていますね」

ばれている。追尾班が誰で、どこで待機しているのか、全部ばれている──。

「それにしても、追尾班をつけるなと条件をつけたのに、ものすごい数の捜査員たちが奈良市内に集結していますね。近鉄奈良駅には改札口に各三名、ＪＲ奈良駅にも同様、公営駐車場には五名──」

「まさか──捜査本部の映像⁉」

「相変わらず、勘がいいですね」

捜査本部が各地から転送している防犯カメラ映像を、ハッキングしているというのか──。

私は襟元のマイクに向かって、小さく叫んだ。

「嵯峨さん、すぐモニター切って！　犯人にハッキングされてる！」

美玲たちから返答はない。

「もしもし？　麻希さん？」

リクルーターが通話をせかす。

「——聞こえてるわ。ねえ、約束のもの、どうやって手渡せばいいの？　代理人でも来るの？」

「交渉をせかさないでください。そもそもあなたがたが約束を破って追尾班をこれほどまでにつけるからいけないんです。取引は中止します。櫛田さんは残念ですが——」

「待って！　わかったわ、すぐに捜査員を撤収させる！」

長い沈黙ののち、リクルーターはもったいぶるように言った。

「——何分で完了しますか？」

「撤収くらいなら一分で完了するわ」

「その場を離れるだけでは駄目です。捜査員を全員、県警本部に押し戻して、会議室から一歩も出さないようにしてください」

「……ちょっと待ってて」

私は襟ぐりのマイクに向かって、リクルーターの要求を本部に伝える。

美玲はしばらく、何かに耐えるように無言だった。そして言った。

「——五分以内に全員撤退させる。せやけど、G班だけは残しておく」

――Ｇ班。バイクでの追跡を担当する班だ。リクルーターはバイク班のことには触れていなかったから、ばれていないかもしれない。

「わかりました。そうしてください」

携帯電話を握り直し、リクルーターにその旨を伝える。

「では、麻希さんはそのままそこで待機していてください。五分後にかけ直します」

私はじりじりとした気持ちで五分間、その場に立ち尽くした。阿修羅像の三つの無常の表情も、いまの私にはなんの感動も与えない。

再び、非通知着信が来た。

「もしもし」

「鈴木です。場所を移動しましょう。薬師《やくし》寺本堂前へ向かってください」

「ちょっと待って、場所がよくわからない」

「近鉄橿原線の西ノ京《にしのきょう》駅で降りたら、すぐです」

「そう言われてもわからないって！　私は東京の人間なのよ⁉」

思わずそう叫んだところで、巡回していた係員がしーっと人差指を立てた。

「いいですね。一時三十分に、薬師寺本堂前に来てください」

通話はぷつりと切れた。時計を見る。あと十五分しかない。

私は八キロもあるアタッシェケースを抱えて、出口へ向かって猛ダッシュした。

広い興福寺の出口に出るまで三分、大通りでタクシーを捕まえるのに三分かかった。

私はタクシーに乗り込むなり、叫んだ。

「五分で薬師寺に向かってください！」

それを聞いた運転手は、目を丸くして振り返った。

「無理やわ。薬師寺はこっから五キロくらい離れたとこにあるんや。しかもいま、渋滞しとるし――」

「いいから、すぐその方向へ車を走らせて！」

私が警察手帳を見せると、運転手は慌ててハンドルを切った。

タクシーは、近道するため旧家が立ち並ぶならまちの、入り組んだ細い路地に入った。しかし、途中で向かいから来た車と鉢合わせしてしまった。狭い路地で、どちらかがバックしないと通り抜けできない。

もう時間がない。私はタクシー運転手に千円札を投げた。

「時間がないから走っていく！　どっちの方向に行けばいいの⁉」

「真っすぐ西の方向や。も少ししたら目印の東塔が見えるはずですわ」

私はひたすらならまちを走った。アタッシェケースが重い。何度も何度も持ち直し、肩に担いだり頭の上に乗せたりして走る。

大通りに出たところでタクシーと出くわしたので、私はすぐさまそれに乗り込んだ。

一分で薬師寺に行けと警察手帳を出すと、運転手は興奮気味に国道二十四号を飛ばす。

ようやく薬師寺の東塔が見えてきた。タクシーを降りたところで、着信があった。

「もしもし！」

「鈴木です。時間切れですよ」

「着いたわ！　東塔は目の前に見えてる！」

「私は、一時三十分に薬師寺本堂前、と言ったんです。――場所を変えましょう」

「ちょっと待って！　本当にもう、裏門に来ているのよ！」

「春日大社本殿へ、一時五十分に来てください」

「また戻れと言うの⁉　春日大社は興福寺のすぐ隣じゃない！」

「次は遅れないでください。助けたいですよね、人質の命」

通話はそこでぶちりと切れた。

私は慌てて振り返った。先ほどのタクシーがＵターンしているのが見える。私は必死に声を上げて追いかけ、急ブレーキで停車したタクシーに乗り込んだ。

「お金はあとでいくらでも払うから、しばらく貸し切りにできない？」

私はまた別の場所を指定される可能性を考え、そう切り出した。

「メーター、回してもいいですか？」

「好きにして。五十分までに春日大社に行ける？」

「あと二十分ないですよ。ちょっと厳しいなぁ……」

「電車のほうが近い？」

「まさか。こっからだと橿原線の西ノ京駅から二駅乗り継いで、大和西大寺《やまとさいだいじ》駅で――」

「もういいわ、とにかく急いで！」

春日大社には一時四十六分に到着した。しかし、タクシーが乗りつけられたのは参道入り口までだった。

「お願い、本殿まで行って！」

「無理です。この先、車入れんのですわ。この参道を歩いて五、六分ですわ」

「わかった、ここで待ってて」

アタッシェケースを抱え、全速力で参道を走る。砂利の坂道のため、何度も足を取られた。

途中で修学旅行生の行列に巻き込まれ、やっと抜け出したと思ったら、そこで人力車にひかれそうになった。よろめいたところへ突然鹿が飛び出してきて、驚いて転んでしまった。

全身汗だくだ。シャツが体に張りつく。防弾チョッキがすれて痛い。先ほど転んだ手足の節々も痛む。それでもゼイゼイ言いながら、私は必死で走った。

やっと本殿に到着した。なかへ入るためのチケットを買おうとしたところで、電話があった。

　リクルーターかと思ったら、菜月だった。

「ママ！　もうどうにかしてよ～、お願い、すぐ帰ってきて」

「ごめん。あとでかけ直すから。いまちょっと――すごく大変なの」

「こっちも大変なの。もう助けて」

「助けてって――いったいどうしたの？」

「パパの取り調べよ！　いきなり車で学校まで迎えに来たと思ったら、ファミレス連れてかれて、話し合おうって」

　――また夫は空回りしている。

「ごめん。今日じゅうには絶対かけ直すから、待ってて」

　申し訳ないが、いまは夫と娘のあいだを取り持ってなどいられない。菜月との通話を切ると、すぐに非通知でリクルーターから電話がかかってきた。

「時間切れです」

「……」

「もうギブアップですか？　約束の金を渡せないのなら、人質を殺すしかなくなってしまいます」

「――次は、どこ」

「唐招提寺《とうしょうだいじ》の本堂前へ。二時十五分に」

またもや通話は切れた。本部へ連絡を入れる。

「次は二時十五分……唐招提寺って、どこ……？」

「唐招提寺はさっきの薬師寺のすぐ横や。弄ばれてるとしか言いようがないな――」

美玲の返答が残酷に響く。

「G班の追尾、ばれてるんです。もう撤退させてください」

「それはできん」

「でも、それじゃあいつまでたっても交渉できません」

「じゃあ聞くで。あんた一人で犯人を逮捕できるんか」

「逮捕云々の前に、人質の命を考えてください！　追尾班のことであちらを怒らせて交渉が打ち切られたら、櫛田はすぐに殺されますよ！」

「……わかった」

美玲はぶっきらぼうにそう言って、通信を切った。

急いでタクシーで移動した私は、二時十分に唐招提寺に到着した。電話をかけてきたリクルーターは、感心したように言った。

「早かったですね。よくがんばりました」

「追尾班は本当にもう来ないわ。すぐに取引をして。あなた、いまどこなの？」

「すみません、私がまだ到着しておりません。鹿が、なついてるんですよね」

「――は？」

「奈良公園の鹿。鹿せんべいをあげたら寄ってきて。かわいい仔鹿《こじか》もいるんです」

「――あなた。人をバカにするのもいい加減にしなさいよ！」

「鹿の耳に、五十八番という識別番号が付いています」

「だから何？」

「待ってます」

ぷつりと通話が切れた。

私は大きなため息を一つつくと、捜査本部の美玲に事情を話した。美玲からの指示を待つあいだ、私は唐招提寺を出て、待たせていたタクシーに乗り込んだ。

「次は、どこへ？」

「……とりあえず、奈良公園へ」

「奈良公園のどのあたりにしましょう？　ひと口に奈良公園といっても」

「鹿がいちばん集まりそうなところ」

「そらまた難しい要求ですなぁ。何せ、奈良公園は東西へ四キロ、南北へ二キロの広大な土地ですから。鹿はそこに点在してますよってに」

そこで美玲からの指示が携帯電話に入った。

「春日大社参道脇に、奈良の鹿愛護協会というのがある。奈良公園の鹿を実質管理しているのはその団体や。まずはそこへ行ってみて」

「了解」

「いま電話でその愛護協会の人と話してるんやけど——奈良公園内に鹿は一千頭以上おって、右耳に識別番号の札がぶら下がっとるそうや」

一千頭——そんななかから五十八番を見つけろというのか。

とにかく春日大社参道へと戻った私は、再びタクシーを待たせた状態でなかへと入っていった。いったいこの二時間でどれだけ走らされただろう。ふくらはぎがパンパンに張っている。アタッシェケースを握り続けていた手のひらは真っ赤に腫れ上がり、ところどころ皮膚が破れて出血していた。

私は足をもつれさせながら、奈良の鹿愛護協会事務所に駆け込んだ。そこで、美玲から事情を聞いていた初老の男性職員が、私を出迎えてくれた。

「あんた、少しなかで休んだらどうかね」

「いえ、時間がないので……五十八番の鹿はすぐに見つけられますか?」

「いやぁ、それはまた難儀な話なんやけど……」

そうつぶやきながら、男性職員は書類などが積み上げられ雑然とした机の上に古びたファイルを広げた。そこには鹿の写真と識別番号がずらりと張りつけられている。

私は五十八番の鹿の写真を見つけ「あった！」と大声を上げた。

「五十八番はメスで、角はない。目印があるとしたら、こないだ出産したばかりやからちっちゃい仔鹿連れておるはずやで。それくらいかのう」

「ちなみに五十八番が出没しやすい場所とかって、わかりますか？」

「いやぁ、うちの団体は、あくまで鹿の愛護団体であって、わしらが直接鹿たちを飼い慣らしているわけやないんやわ。ここにおる鹿はすべて野生の鹿ですよってに」

私は礼を言って、事務所を出た。

遠くを見渡す。

東京ドームがすっぽり五つくらいは入りそうな広大な奈良公園の敷地のあちらこちらに、鹿の群れが見えた。その向こうの大通り沿いにも、鹿が道路脇の側溝に入って涼を取っている姿が見て取れる。

これは、途方もない作業になりそうだ――。

それから一時間、私はアタッシェケースと鹿せんべいを手に、ただひたすら奈良公園を巡り巡っていた。リクルーターからは唐招提寺で連絡が入ったきりで、なんの指示もない。

美玲からは五分おきに電話がかかってくる。あちらもしびれを切らしている様子だが、ほかの捜査員を動かすことは禁止されているから、私が一人で五十八番の鹿を探すしかない。

そこで携帯に着信があった。画面を見ると、夫とある。

「――もしもし？」

憔悴《しょうすい》しきった私の声を聞いて、夫は申し訳なさそうに声をひそめた。

「なんか、疲れてるみたいだけど……大丈夫？」

「ごめん、いまちょっと……。夜にはかけ直せると思うんだけど。菜月のことよね？」

「うん。きちんと話し合う必要があると思って、せっかくファミレスに連れていったんだけど――なっちゃん、相手してくれないんだよ。しまいには僕がトイレに行っているあいだに、誰かと携帯で電話し始めちゃって、もう三十分近く話し込んでて――。これってどうだろう。長電話、注意したほうがいいんだよね？」

人質の命がかかっているこのタイミングには、あまりにもくだらなすぎる相談だった。しかし夫は本当に、どうしていいのかわからないのだろう。

「ごめんなさい。相談の電話は健太にして」

私はそれだけ言うと通話を切った。夫には悪いが、人質の命がかかっているのだ。

そのまままたふらふらと走っていると、軽トラックが近づいてきた。先ほどの愛護協会の男性職員だ。

「おーい！　刑事さーん！」

観光客がいっせいに振り返る。私は慌てて人差指を唇に当てた。

「いましたよー！　五十八番の鹿！　猿沢池《さるさわのいけ》のほとり！」

「え、本当ですか⁉」

私はそう叫ぶと、やってきた男性職員の軽トラックに飛び乗った。

猿沢池にはすぐに到着した。軽トラを停めた男性職員が車から降り、先を歩いていく。

「こっちやで。あの、スーツ着たあんちゃんがいるあたりに、さっきおったでな」

「わかりました。ここまででけっこうです」

男性職員は足を止め、振り返った。

「ここから先は非常に危険なので、事務所に戻っていてもらえますか。あとは、警察の仕事ですから」

私はそう告げると、深く頭を下げた。軽トラックが車を切り返して、去っていく。

そして私はアタッシェケースを握り直し、池のほとりにいるスーツを着た男に向き直った。

濃紺のシンプルなスーツにノーネクタイ。男はそんなこざっぱりとした格好で、水辺で体を休めている鹿のそばにかがんでいた。仔鹿がむしゃむしゃと草を食《は》んでいる横で、男は鹿の親子に携帯電話を向けていた。写真でも撮っているようだ。私はなかばあきれて、男の前に立ち尽くした。

彼は私に気がつくと、すっと立ち上がった。

百八十を超す長身。屈強な体つきはスーツの上からでもわかる。そして、五年前となんら変わらない端正な顔立ちと、額の真んなかより左寄りにある大きなほくろ。右目の色素沈着――。

背望会リクルーターだった。

「失礼しました。あまりにかわいい仔鹿だったので、友人に写真を送ってやろうと、つい」

「――驚いたわ。あなたがじきじきに身代金を受け取りに来るなんて」

周囲を素早く見渡す。近くに観光客の姿はなく、リクルーターの仲間とおぼしき不審人物も見当たらない。

「では、取引を始めましょうか」

「その前に、人質の無事を確認させて」

「あなたに決定権はない」

「ならば、金を渡すわけにはいかないわ」

「そうですか。では人質を殺すまでです」

「……わかったわ。金は渡す。じゃあ、人質をどうやって解放するのか、それだけは教えて」

「追って須崎県知事にメールを入れておきますよ。では、あなたはそこにひざまずいて」

リクルーターはそう言うと、ジャケットの内側に手を入れた。

――拳銃⁉

私は思わず左脇下のホルスターに手を入れ、即座に拳銃を構えた。

リクルーターは自分のジャケットの内側に手を入れたまま、眉をひそめる。

「物騒ですよ。そう簡単に拳銃を抜いていいんですか？　ここは歴史ある観光地です」

そう言いながらリクルーターがジャケットの内側から取り出したのは、タバコだった。

――罠《わな》だったのだ。こちらが銃を持っていたら先に出させ、それを奪うつもりだったのだ。

背中に冷や汗が垂れるのを感じる。

「私を撃って、逮捕するのですか？　アゲハのときのように」

「……それも、いい案かもしれない」

「――人質は死にますよ」

リクルーターはそう言うと、タバコをふかしながら、一歩、二歩と私のほうに近づいてきた。拳銃を持ったまま、私は思わずあとずさる。

「あなたには撃てないでしょう。こちらに渡してください」

「そんなことをしたら、私、刑事をクビになるわ」

「でも人質の命は助かる」

――これは吾川の拳銃だ。もしこれが背望会に奪われたら、私だけでなく、吾川までもが重い処分を受けることになる。しかし渡さなかったら人質は……。

いったん渡したうえで、奪い返すチャンスをうかがうか――。

私はおとなしく、リクルーターの手に拳銃を落とした。

「大人の判断です」

リクルーターは拳銃を受け取ると、慣れた手つきで弾数を確認した。そして、安全装置を解除すると拳銃を構え、私に銃口を向けた。

「ひざまずいてください」

私は言われたとおり、地面に膝をついた。鼓動が高鳴る。足の震えが止まらず、冷や汗が全身の毛穴から噴き出してくる。

「耳のイヤホンと襟ぐりのマイクを外して、池に捨ててください」

本部との命綱だが、仕方ない。言われたとおり、私はそれらをまとめて池に投げ捨てた。

「次に。アタッシェケースを開けて」

リクルーターの指示に従う。

「まず、取りつけた発信器を外してください」

「……」

「人質の解放場所も指定していないのに、黙って警察が金を渡すわけがない。発信器は絶対に付いているはずです」

私は黙ってアタッシェケースを引っくり返した。芝生の上にお札の山ができる。草を食べていた仔鹿が驚いて、母鹿の背後に隠れた。

続けて、アタッシェケースの内側に張り巡らされた布を破り、セロテープで貼りつけられた発信器を取ろうとした。

「やっぱり取らなくていいです。アタッシェケースごと、池に捨ててください」

私はアタッシェケースを池のほうへと投げた。それは沈むことなく、ぷかぷかと猿沢池を浮かび、風に乗って池の淵《ふち》から離れていった。

リクルーターは私に銃口を向けたまま、革靴の先で万札の山をかき分けた。そして、ダミーの紙幣を取り出すと、言った。

「――五千万円、そろっていませんね」

「……時間がなかったのよ！　これでも須崎県知事は、徹夜であちこちに頭を下げてお金を集めてくれたの」

「残念です。ダミーが混ざっているなら一円たりとも受け取ることはできません。取引中止です」

「ちょっと待って。お願い、あと半日時間を――本部にかけ合ってなんとかするから」

「ダメです。誠意ある対応をしなかった、あなたがた警察の責任です。立ってください」

私は言われるがままに立ち上がった。

「携帯電話を出してください」

ジーンズのポケットから携帯電話を出す。

「池に投げてください」

リクルーターは逃走の準備に入るようだ。こちらが追尾班にすぐに報告できないように、携帯電話を処分させるつもりなのだ。

「早く」

奪われて悪用されるよりましだ。私は携帯電話を池に投げた。

「次に警察手帳を私のほうへ投げてください」

もし警察手帳を拳銃とセットで奪われたら――「降格」、「停職」、「減俸」の文字が脳裏をよぎる。しかし、人質の命には代えられない。

警察手帳をリクルーターの足元に投げる。彼は銃口を向けたまま、芝生の上に落ちた警察手帳を優雅に拾い、中身を見た。

「……ああ、そうだ。あなたはもう、佐藤麻希さんじゃなかったのですね。ご結婚されて、原麻希さんになった」

「知ってたくせに。私のことは調べ尽くしていたはずよ」

「さあ、原麻希さん。手錠を出して」

「なんのために」

「同じことを何度も言わせないでください。従わないなら、人質が死ぬまでです。手錠を――それから、手錠のキーも」

仕方なく、ジーンズのベルトに装着してあった手錠と、ポケットに突っ込んであったキーを放り出す。リクルーターはそれを拾うと、キーを猿沢池にぽちゃりと捨てて、私の右手に手錠をかけた。そして、手錠の反対側を大きな手でつかみ、私の右こめかみに銃口をぴたりと付け、言った。

「歩いてください」

私はそのまま、奈良公園を突っ切るかたちで歩かされた。

行き過ぎる観光客が、私たちを見て息を呑み、立ち止まる。そのたびに、リクルーターが私の警察手帳を、顔写真の部分を指で隠しながらちらりと出して見せた。

「警察です。近寄らないで。危険です」

やがてリクルーターは、奈良公園と道路沿いの歩道とを隔てる鉄製の手すりに、手錠をがちゃりとかけた。柵は地中深く埋まっていて、根元はコンクリートで固めてある。

身動きを取ることは不可能だった。

リクルーターは私から数歩離れると、ようやく拳銃を下ろし、優雅に内ポケットにしまった。そして手錠でつながれた私に向かって、恭しく頭を下げる。

「では、麻希さん。私はこれで――」

「待って、人質は……！」

「取引不成立は警察の責任です。では」

「じゃあ教えて！」

立ち去りかけたリクルーターが、振り返った。

「……」

「スワンとはいったい誰なの⁉」

「南条リリスと何か関係があるの？」

「――スワンは私の、期待の星です」

「……え？」

「時間はかかるでしょうが——彼女にはその才能がある。彼女はいずれ、アゲハをしのぐ、歴史に残る犯罪者になってくれるはずです。いま私は、彼女の代理をしているまでです」

ふとリクルーターの目が何かを捉え、一瞬で鋭く変わった。瞬間、一台の乗用車が反対側の道路から猛スピードでこちらへ突っ込んできた。手入れされた芝生がタイヤで踏みにじられ、驚いた鹿たちが逃げ惑い、観光客たちが「危ない！」と怒号を浴びせる。運転席でハンドルを握っているのは、達也だった。

振り返ったときにはもう、リクルーターはタクシーに乗り込んでいた。達也の車が猛スピードで私の横をすり抜け、柵の切れ目から歩道を突っ切り、いましがた出発したタクシーに追いつこうとしたそのときだった。

「危ない！」

私は思わず叫んだ。歩道の側溝で体を休めていた鹿が、車の音に驚いて飛び出してきたのだ。

急ブレーキの音と、タイヤと草とが摩擦する奇妙な音が響き渡り、ハンドルを切った達也の車はそのまま頑丈な鉄柵に頭から突っ込んだ。鹿はブレーキ音を聞くと、飛び跳ねるようにして逃げていった。

「達也！」

衝突の衝撃でどこかに頭をぶつけたのか、達也は額から血を流していた。それに構うことなく運転席から転がり出ると、私に叫んだ。

「麻希！　車のナンバーは!?」

――見ていなかった。

「バカ野郎！　それでも刑事か！」

達也はそのまま大通りへ飛び出した。一台の黒いスポーツカーが急ブレーキを踏む。気の荒らそうな若い運転手が顔を出し「危ないやないか！」と怒鳴る。達也はその面前に警察手帳を出し、なかば強引に運転手を車から引きずり降ろすと自ら運転席に乗り込み、あっという間に追尾に消えた。

数分後、パトカーが猛烈な勢いで十数台、私の目の前の道路を通り過ぎていった。私は手錠で身動きを取ることができないまま、その場に放置されていた。そして、三十分後に現われたのは、ペンチを片手に持った吾川だった。

「ごめんなさい、吾川さん……あなたの拳銃……」

吾川は私の姿を見て、肩をすくめてみせた。

「持ってかれたんやろ？　あんたの姿、ひと目見てわかったわ」

「……どうしよう、吾川さんまで処分を」

「処分のことを気にしてるヒマ、ないで」

「……え？」

吾川が刑事らしい鋭い眼光で私を見つめ、言った。

「ついさっき海天村で、南条リリスの死体が発見された」

チャプター４　全裸女性殺人遺体損壊遺棄事件

吾川の黄色のミニバンの助手席にもたれながら、私は大きなため息をついた。車は国道を海天村方面へ南下している。現在午後十一時、周囲は闇に包まれ、国道沿いのレストランも店じまいを始めていた。

「――なんやねん、そのため息は」

ハンドルを握る吾川がすかさず突っ込んできた。

「いや……私、もう、吾川さんと共犯だなと思って」

今日私は、警察官の命と言っても過言ではない警察手帳と、犯罪人の手に決して渡してはならない拳銃（しかも自分の所有物でないもの）を、背望会リクルーターという凶悪テロリストに奪われてしまったのだ。

拳銃を無断で私に貸与した吾川は、無期限謹慎処分。正式な処分は事件解決後に下されることになるらしいが、ただでさえ吾川は普段から問題行動が多い。降格と異動は免れないはずだ。胃薬の粉をまき散らしながら激昂する斎藤本部長に「もう二度と奈良県警本部の敷居をまたぐな！　警察を辞めて故郷に帰れ！」と怒鳴られたほどだ。

私は所属先が警視庁であるため奈良県警の帳場でお叱りを受けることはなかったが、事態を問題視した警視庁は監察との面談を設定するつもりらしく、明日の朝いちばんに桜田門の本庁に戻ってくるようにと、鑑識課長から命令を受けた。

それでも私は、「ここでギブアップしよったら、女秘匿捜査官・原麻希の名がすたるで」という吾川の言葉に動かされ、南条リリスの遺体が発見された海天村へ向かう車に乗り込んだのだった。

べつに「女秘匿捜査官」の肩書きにこだわったわけではない。

事件の謎は深まるばかりなのに、私はまだ何も解決できていない。

それが許せないし、我慢できないだけなのだ。

捜査本部はリクルーターの身柄を確保することができなかった。リクルーターを乗せたタクシー運転手の証言によると、彼はタクシーに乗り込んですぐに「忘れ物をした」と言って料金を払い、さっさと車を降りたというのだ。そして、すぐ脇の歩道を歩いていた中国からの観光客団体に紛れ、どこかに消えてしまったという。

達也はそうとも知らず、リクルーターが降りた空っぽのタクシーをしばらく追尾していたことになる。それは達也から連絡を受けた捜査本部もしかりだった。

その後、近鉄奈良駅の防犯カメラを解析したところ、リクルーターらしき人物が切符を購入して、改札をぐっている映像が発見された。彼が近鉄奈良駅の追尾班を撤収させたのも、私と接触後の逃走を考えてのことだったのだろう。

リクルーターが購入した切符の金額から、彼は近鉄奈良線の大和八木《やまとやぎ》という駅で下車したと推定された。大和八木駅は、東は名古屋、西は大阪へと通じる路線が通っている。逃亡のため、どちらかの都市圏へ紛れたと考えるのが自然だろう。その後のリクルーターの足取りはつかめないまま、達也はいったん東京へと戻ることになった。

海天村へ向かう車中、私は吾川に携帯電話を借りて、調布の自宅の電話番号を押した。電話に出たのは健太だった。菜月はすでに眠っているという。

「お父さんとなっちゃんがかなりもめてるみたいなんだけど――」

私が切り出すと、健太はへらへら笑いながら「困ったよね」とつぶやいた。

「家のなか、ずいぶん気まずい雰囲気なんじゃない？　菜月は一度へそを曲げると意地張るところあるし……」

「うん、まあ、親父もそれは避けたいと思ったんだか知らないけど……昼間、僕がファミレスでなっちゃんを引き受けてからは、そのまま仕事行っちゃってまだ帰ってきてないよ。なっちゃんもなっちゃんで、『パパは逃げたのよ。あんなパパは恥ずかしい。別のパパと取り替えたい』とまで言っちゃってさ」

「そんなひどいこと言ってるの？」

「麻希ちゃんからも叱ってやって。いつごろ東京に戻ってこれそうなの？」

「……それが、しばらく無理かもしれない。事件が、ちょっと……」

そう、と健太は大きくため息をついた。

「とりあえず、親父にも言っておいてよ、育児書の一つでも読んでみたらって。いくらなっちゃんがまだ八歳だからって、携帯電話勝手に見たり、ファミレスでいきなりあれこれ詰問したりするのはよくないでしょ」

「——不器用なのよね、あの人」

「わかるけどさ。不器用だから何をしてもいいとは、子供は思わないでしょ。とりあえず麻希ちゃんからも言っておいてね」

そこで健太が通話を切ろうとしたので、私は携帯電話が水没して使えないことを伝え、吾川の携帯電話の番号を教えた。

「これ、広田さんの番号？」

「ううん——こっちの相棒の携帯番号」

健太は電話を切り際、「携帯が使えないならわからないでしょ」と言って、夫の携帯電話の番号を教えてくれた。通話を切り、夫の番号を押してみたが——どうしても、通話ボタンまで押すことができなかった。

夫が菜月とどう接していいのかわからないように、私も夫に、何をどう言えばいいのかわからなかった。

言いたいことはたくさんある。しかし、どこまで言って許されるのか、これを言ったらあの人はいやがるとか、その境界線がまだ見えない。

空白の七年間のせいだ。

私はまたため息をつき、吾川に携帯電話を返した。

「なんや、旦那にかけんでええのか」

「んー。また今度」

「――逃げよる」

吾川はぽつりとそれだけ言って、携帯電話を受け取った。

そう、私は逃げている。だから、娘にどう対応したらいいのかわからなくて仕事に逃げてしまった夫を、責められない。

それから国道をひたすら南下するあいだ、吾川は相変わらず交通ルールを無視して、携帯電話をかけて情報をかき集めていた。

「おう、俺やけど。いまちょっとええか」

電話の向こうから女性の声が聞こえてくるが、内容までは聞き取れない。口調から察するに、かなり親密な仲である感じがした。

私は吾川が電話を切ったところで、ふと尋ねた。

「吾川さんて、じつはもてる?」

「そうや。だから東京でもブイブイ言わせてた、言うたやろ」

「本部のコーヒーガールの次は五條南署の女刑事? それとも海天村分庁舎の事務員さん? まったく、若い女の子たらし込んで情報収集だなんて」

「なんでもええがな。それにしても、どこに南条リリス殺人事件の帳場を置くかでもめとるらしい」

「どういうこと?」

「正式な管轄は五條南署やが、現場まで車で往復三時間かかる立地や。かといって分庁舎は職員が十人しかおらんし、唯一ある会議室は庄原巡査の事件で埋まっとる。本部は本部で誘拐事件にかかりきりで、なんの命令も出せずじまいで、どっちの所轄署も混乱しとるようやな」

「――ふうん。で、南条リリスの遺体はどこで発見されたの?」

吾川は車の扉のポケットから手あかだらけの地図を取って私に手渡し、該当ページを指差しながら言った。

海天村は地図で全体図を見ると、ちょうど右を向いたゾウのような形をしていた。ゾウのお尻から鼻の先の部分まで、東西を貫いているのが仏納川《ほとのがわ》。その仏納川とゾウのお腹あたりで垂直に交わっているのが、南北に延びる国道一六八号線だ。

吾川が、地図のなかのゾウの鼻先部分を指差した。

「リリスの遺体が見つかったんは、村の東の外れにある杉里《すぎさと》地区や。ここは県道からも大きく外れとるうえ、村の端っこやから外野とも比べものにならんくらいの過疎や。たぶん二十人も人が住んでおらん地区かもしれんな」

「外野っていうのはたしか……庄原巡査の駐在所があった集落」

私は地図のなかの、ゾウのちょうど後ろ脚のほうを指して言った。

「せや」

「そういえば、この外野地区の墓地に、櫛田家代々の立派な墓があったけど」

「櫛田は外野地区出身やからな」

「ということは、秘書の香取さんも？」

「そうなるな」

「櫛田が拉致された別荘は？」

「国道と仏納川が垂直に交わっとるとこが下野地っちゅう地区で、日本最長の〝山瀬《やませ》の吊り橋〟がある、村最大の観光地や。民宿や店やレストランがそろっとって、国道とは反対側の吊り橋の向こうが別荘地になっとる」

吾川がゾウのお腹の少し上のほうを指して言った。

「で、その下野地地区から国道をさらに南へ二十分走らせたところに谷平《たにひら》地区いうんがあって、そこに役場とかつての海天村警察署――いまで言う分庁舎がある。ちなみに村の人口は四千で、そのほとんどが下野地地区と、役場のある谷平地区に集中しとる」

「吾川さんの実家は?」

「わしの実家は谷平地区。海天村警察分庁舎の目と鼻の先で育った」

斎藤本部長がもしこのことを知っていたら、故郷へ帰れとは言わなかっただろう。

「リリスは杉里地区のどこで殺されてたの?」

「仏納川のほとりに慰霊碑があるんやけど、そこの前で、全裸で発見されたらしい」

「全裸!」

「しかも、顔を鈍器のようなもので潰されとったと」

「ずいぶん残虐ね……動機は怨恨かな。ところで、慰霊碑っていうのは?」

吾川は目をぎろりと光らせると、言った。

「坂出コウ――通称、〝呪われたスワン〟の慰霊碑や」

「それって、有栖川がリリス主演で撮ろうとしていた映画の……?」

「そうや」

またスワンか――。

「そういえば、リクルーターがスワンのこと、こう言っていた。彼女はいずれ、アゲハをしのぐ犯罪者になる、とかなんとか」

「アゲハちゅうんは、去年の連続テロの黒幕のことやな」

「そう。リクルーターの言うスワンと、慰霊碑の坂出コウっていう女性、何か関係があるのかしら?」

「まあ、〝アゲハをしのぐ犯罪者〟っちゅう点で、つながるといやあつながる」

「というと?」

「坂出コウっちゅうんは、昭和初期に実在した女性凶悪犯や。たしか、日本が近代史に入ってから初めて死刑にされた女性やったと思う」

「そんなに殺したの?　その、坂出コウって人」

「五人――いや、六人や」

そう言って吾川は、当時の海天村を震撼《しんかん》させた、坂出コウにまつわる殺人事件の概要を話し始めた。

「そもそも海天村は山深い紀伊山地のど真んなかに位置しよる。自然といえば山、川、滝、谷間――そういう地形やから当然、村に湖はない。ところが、ごくごくまれに、村に白鳥の死骸が見つかることがあってな」

「――白鳥?」

「そう。スワンや」

「たしかに変ね。白鳥って渡り鳥でしょ。越冬するために、おもに日本の北国にやってきて、湖とか沼地に生息する。私北海道出身だから、冬場の湖にいる白鳥の群れを何度か見たことあるし」

「せや。紀伊山地のこんな山のなかに白鳥の死骸が見つかること自体、おかしいことや。まあ、学者さんによると、白鳥が日本に渡ってくるときに群れからはぐれた迷い鳥が力尽きて紀伊山地に落ちたんやないかという、しごく単純な話やったらしいんやけどな」

「迷い鳥かぁ……」

「最初にそれが見つかったんは江戸時代で、当時の村人は白鳥なんて見たことあらへんから、珍しがったらしいわ。しかしその直後、大変な災害が村を襲った」

「災害？」

「激しい嵐が海天村に居座ってな。一週間近くバケツを引っくり返したような雨を降らせよった。土地は荒れ果て、村人の半数以上が洪水に呑まれて死んでしもたんや」

「それじゃあ昔の人は、見たこともない鳥の死骸が嵐の直前に見つかったことと関連づけて考えそうね」

「そのとおりや。あの鳥は〝悪の使い〟やったんやないかと噂するもんもおったらしい。そして時は流れて明治初期。またしても白鳥の死骸が村で見つかった」

「でもそれも結局は、迷い鳥の類いだったんでしょ？」

「せや。その鳥が白鳥やってこともわかっておったんやが、それが迷い鳥だというこ とはわからんから、その白鳥を丁重に埋葬してやった。ところが、その矢先に山火事 が起こっての。ちょうど冬場で乾燥しておって、雨も二週間近く降らんかったところ への山火事やったから、火の手はどんどん大きくなってな。三日三晩、海天村は燃え 続けた。死者は五十名ほどで、村の大事な収入源やった木材は壊滅状態や」

「それじゃあ村人たちにとって、白鳥の死骸が見つかることは――」

「天変地異の前触れ、ちゅうことになるな。それはやがて村の伝説になってな。わし も子供のころ、よう言われたわ。悪いことをすると〝呪われたスワン〟が飛んできて、 村人たちがみんな死んでしまうと」

「ふうん――〝呪われたスワン〟ねぇ」

「そして昭和初期に入って三度目。またしても〝呪われたスワン〟である白鳥の死骸 が見つかりおった。前回は丁重に扱って埋葬したにもかかわらず、山火事に見舞われ たやろ。さてどうしたもんかと村人たちは戦々恐々や。そこで当時の村長が、これ以 上村に災いが起こらんようにと、白鳥の死骸が見つかったその日に産まれたある貧し い村民の一人娘をその白鳥に見立てたんや。白鳥の古名である鵠《こう》からとってコウと名づけ、村をあげて大事に育てたという話や」

「それが、坂出コウ？」

「せや」

「――そんな、村を守る象徴だった赤ん坊が、なぜ死刑になるほどの凶悪犯に？」

「そういう状況で育ったからこそ、というんかな。村人たちはただの貧しい家の赤ん坊のために、毎日供物を持ってきよったり、美しい着物を持ち寄ったり――これ以上村を天災が襲わないように、娘をまるで王女のごとくあがめたんや。幸い、白鳥の死骸が見つかってからひと月、半年、一年たっても、なんの天変地異も起こる気配はない」

「そうなると村人たちはさらに、坂出コウをあがめるようになるわけね」

「それこそ、蝶《ちょう》よ花よ女王様よという風潮のなかでコウは育てられよって、我慢することができんような私利私欲のかたまりになってもうた。一度欲しいと思ったものは手段を選ばずに手に入れようとする。実際コウはかなりの美人やったらしいから、彼女の周囲に集まる男たちも多かった。十代のころから自分に求婚してくる男たちを集めて決闘させては、血を流す男たちを見て涙を流して喜んだいう話や。どこまで本当の話かは知らんがな」

「それで彼女はいったい何がきっかけで人殺しを？」

「まず、十六のときに嫁いだ夫がいけすかんかったんか知らんけど、愛人と共謀して農薬で夫を毒殺しとる。しかしその後、金に困りよったコウは、村で繁盛しておった旅館の乗っ取り計画を愛人と企て、旅館の女将を毒殺。男やもめになった旅館の主人に取り入って嫁に入ったものの、子宝に恵まれず――前妻の子供を邪魔に思うて、この子供はまだ十にもなっておらんかったんに、崖から突き落として殺した。その後、子供の死を不審に思った夫も邪魔になり、毒殺した。あんまり簡単にコウが人を殺すんで、ずっと殺人を手伝っておった愛人はコウを恐れるようになってな。コウは愛人が警察に垂れ込むのを恐れて、共犯だった愛人もあっさり殺した」

「すごい勢いで殺していったのね、坂出コウは」

「極めつけは、母親殺し」

「えっ」

「娘の犯罪に気がついた母親が――もうこの娘は手に負えんと思ったんやろな。警察にこっそり娘の犯罪を告発しよった。それを逆恨みしよって、コウは逮捕される間際、母親をナタで惨殺したんや」

これほどまでに残虐な女性がこの平和そうな村に実在していたことに、私は戦慄した。

「でも、どうしてそんな女の慰霊碑が仏納川のほとりに残ってるの？」

のう」

「坂出コウに死刑判決が下りて、執行されたその日、海天村をまた強力な嵐が襲って
「また仏納川が氾濫したの？」

「せや。やっぱりコウを死刑にしたことで、〝呪われたスワン〟を怒らせてしもたと村人は思ってな。二度と災害に襲われんようにと慰霊碑を建てた、ちゅうことや」

南条リリスは夫・有栖川光が撮る映画でその近代史上初の女殺人鬼・坂出コウ、通称〝呪われたスワン〟を演じる予定だったのだが、何者かに殺された。

そして南条リリスとの不倫がささやかれていた政治家・櫛田は〝スワン〟を名乗る人物に誘拐され、行方知れずというわけか――。


夜中の三時過ぎに、吾川の黄色のミニバンはようやく海天村に入った。

観光地である下野地地区を抜け、仏納川にかかる大橋を渡ってしばらく行くと、三階建ての古びた海天村役場が右手に見えてきた。その向かいにあるレンガ造りの細長い建物が、海天村分庁舎だった。

その手前の道を左に折れたところに、吾川の実家はあった。

庄原巡査の駐在所があった外野集落に比べ、このあたりは民家が林立しており、山奥の村という印象はない。

玄関前に立ち、鍵束から実家の鍵を探す吾川に、おずおずと尋ねる。

「ねえ、いくら実家だからってこんな真夜中に訪ねて大丈夫なの？」

「なんでもええねん。とりあえず荷物置いて、すぐ出発や」

「え？」

「リリスの遺体はあと数時間で解剖に送られるそうや。急いで分庁舎行くで」

休む間もなく、私たちは吾川の自宅のちょうど裏手にある海天村分庁舎へ歩いて赴いた。吾川は表玄関を素通りして、その横にある従業員通用口に立つと、インターホンを押した。

すぐに通用口が開けられた。応対に出たのは、制服姿の中年女性警察官だった。白髪混じりの髪の毛を後ろで束ねて、低い位置でお団子にしてある。この分庁舎で事務員でもしているのだろう。

「やっぱり来よったか」

「来よったわ。当たり前やろ」

その中年女性は鋭く私を見た。

「誰や」

「新しい相棒や。ハラマキちゃん」

ハラマキ?と女性は感情のない瞳で私の全身をねめ回した。美玲とはまた別の意味で威圧感のある人だった。

「あ、は、はじめまして、警視庁から来ました原巡査部長です。所属は鑑識課で——」

私が頭を下げると、女性はぶっきらぼうに頭を下げて言った。

「よろしく。分庁舎の吾川警部です。所属は総務」

「吾川？」

「このババア、分庁舎のヌシやけど気にせんといて。俺のオカンやから」

私が驚いて二人を見比べていると、吾川の母はさっさと先を歩き出した。

「それにしても、とんでもない事件が起こりよったわ。勤続四十年になるけど、これだけ忙しいのは初めてや」

「ババアの体にはこたえるやろ、徹夜で待機は」

「ほんまにや。庄原んとこの坊やの遺体の手首がもぎ取られたって仰天な事件が起こったと思うたら、誘拐拉致事件の現場が下野地やというやんか。と思ったら今度は女優の遺体があがった」

「まだ遺体はここにあるんやろ」

「おうよ。地下の霊安室でドライアイス漬けや。三十分後にはお迎えが来よるで」

「ナイスタイミングやったな」

吾川が私を振り返り、親指を立てて見せた。

南条リリスの遺体はキャスター付きのベッドの上に寝かされており、上からビニールシートがかけられていた。その上からさらに、拳ほどの大きさのドライアイスがいくつか乗せられている。室内のクーラーは十八度に設定され、ほかにも、分庁舎内からかき集めたと思われる扇風機が五台設置され、なりふり構わず羽を回して首を振っていた。

三人で手を合わせる。吾川の母がドライアイスをよけて、顔を背けたままビニールシートを取った。腐乱死体ほどではないが、死臭が漂う。

吾川がすぐに口元に手を当て、顔を背ける。

「これは——思った以上に残酷やな」

「せやろ。あたしもちょっと二度目はごめんやで」

吾川の母も顔をしかめ、答える。

顔面は、大きめの石か岩で激しく殴打されたようだった。破れた皮膚のところどころに、砂粒が付着している。

「検死官によると、死亡推定時刻は五月十八日午後十一時ごろやと」

五月十八日——私と達也が奈良に入る前日のことだ。

「死因は絞殺による窒息死。首のあたりに、くっきり手の痕が残っとるやろ」

私はゴム手袋を装着し、遺体の首の周囲に残っている絞殺の痕を確認した。

「大きさからして、男性の手ですね」

かろうじて残っている眼球のまぶたを開けてみる。黄濁し始めた眼球に、点状のうっ血が見られた。絞殺による窒息死でほぼ間違いないだろう。

傷つけられているのは顔のみで、体は見事なまでに美しく残っていた。手の行き届いた白くなめらかな肌、形の整った胸、細く真っすぐ伸びた足――。

「顔がこんな状態やけど、南条リリスでたしかに間違いないんか？」

「ああ。リリスの愛用品やったブラシから検出した毛髪のＤＮＡと遺体のＤＮＡが一致したらしいし、指紋も一致。間違いないやろ」

「何か、犯人につながる痕跡とか見つかったんでしょうか？」

「毛髪から赤土が検出されよったらしい。遺体発見場所は河原で赤土やないから、たぶん赤土のある場所で殺されて、慰霊碑のある河原へ遺棄されたんやないかと。あ、それから、口のなかから奇妙なもんが発見されよった」

「奇妙なもの？」

「現物は鑑識課に保管されとる。小さな紙片や。暗号のようなものが書いてあってん」

私が頼むと、吾川の母はすぐにその紙片を持ってきてくれた。それは小さく折り畳まれ、遺体の口のなかに入っていたのだという。

一辺が五センチにも満たないほどの紙片には、鉛筆でこう書かれていた。

『1002G8』

「――なんやこれは。暗号かの」

「もしくは、犯人からのメッセージ？」

「映画クルーに聞いてみたんやけど、意味がわかる関係者はおらんかったそうや」

口腔内《こうくうない》にまだ何か残っていないかと、私は遺体の顎を引き、口のなかを観察した。歯の裏側に、タバコのヤニが付いている。

「南条リリスは喫煙者だったのね。しかも左利き」

吾川が興味を引かれたように、顔をのぞかせた。

「口のなか見ただけで利き手がわかるんか」

「タバコのヤニが左側にくっきり残ってるでしょ？　喫煙者は通常、利き手でタバコを吸うものだから、利き手側の歯の裏側にヤニが濃く残るのよ」

検死官が残した書類を手に持っていた吾川が、書類をめくりながら言った。

「いや、ハラマキちゃん。この書類には、遺体の利き手は右手とあるで」

「え？」

「関係者の証言やから間違いないやろ。まあ、利き手とは反対側でタバコ吸うこともあるやろし」

「そうかなぁ……でもそれって、なんか変だと思うんだけど」

「気にしすぎや。次いこ、次」

それから私たちは、遺留品や現場写真に目を通した。

遺体は、仏納川のほとりに寂しくたたずむ、人の背ほどある古びた慰霊碑の前に、まるでお供え物を供えるかのごとくあお向けに遺棄されていた。

「坂出コウを演じるはずやった女優が、その慰霊碑の前で殺される——。これも〝呪われたスワン〟の祟《たた》りかの」

吾川は腕を組みながらそうつぶやいた。

そこへ、霊安室の壁にくりつけられていた電話が鳴った。吾川の母が電話に出る。

「はい。……あ、そうですかぁ。まあ、しゃあないですわな。署員は待機させてましたんで、さっそく準備させますわ。ところで人数——えっ？　百五十人⁉　そらぁ無理な相談ですわ。もともと一つしかない会議室は庄原巡査遺体損壊事件の帳場になっとりますし、それを退けたとしても、定員は五十人が精一杯で——」

吾川の母は困った様子で頭をぽりぽりかいている。吾川が私に向かって言った。

「どうやら、帳場の設置はこの分庁舎に決定したようやな。しかし百五十人規模とはまた、豪勢な話や」

「たぶん、櫛田の誘拐事件との関連を鑑みてのことじゃないかしら……となると」

脳裏に、豹柄の衣装を身に着けた美玲の顔が浮かんだ。

「嵯峨美玲ご一行様がここへ来る可能性が高いってわけか」

「誘拐事件の拉致現場が海天村にあることを考えても、たしかにその可能性は高いわな」

吾川と目を合わせる。同時にため息が漏れた。

結局、捜査本部は吾川の母が方々に電話をして調整をつけ、海天村役場の大会議室を貸し切って設置されることになった。

役場は分庁舎とは国道を挟んで向かいにある。その三階に設置されることになった帳場には、分庁舎と所轄署の捜査員合わせて四十名と、奈良県警本部の捜査員四十名、大阪府警からのヘルプ三十名、そして櫛田の誘拐事件担当捜査員からも三十名の人員が投入されるということだった。

第一回の捜査会議は午前九時からというので、私と吾川はいったん吾川の自宅へと戻った。

吾川の自宅の二階のベランダからは、海天村役場の駐車場がよく見える。私と吾川はそこで、双眼鏡片手にカップラーメンをすすりながら、誰が帳場を仕切るのか探るべく座り込んだ。

「それにしても驚いた。吾川さんのお母さんも刑事だったのね」

「刑事やないで。こんな村で警察しよっても事件なんてほとんど起こらへんからな。これまでババアが逮捕したのはガムを万引きした高校生だけやで」

午前八時半には、奈良県警本部及び大阪府警から駆けつけた捜査員がぞくぞくと帳場に集結し始めた。そして、車の助手席からハイヒールに覆われた太い足がにょきっと出て、一人の女性が覆面パトカーから降りてきた。縦じまの入った黒いタイトスカートのスーツを着ている。

「うわっ、やっぱり。嵯峨美玲のお出ましや」

吾川が怪物でも発見したかのような口調で言った。スーツの下は豹柄ではなくゼブラ柄だった。よっぽどアニマル柄が好きらしい。

それから待つこと二時間。

吾川の母がようやく自宅に戻ってきた。その手には、農協のロゴが入った紙袋に詰め込まれた、持ち出し厳禁のはずの捜査資料があった。

「ああ、疲れたわ、もう――」

吾川の母が捜査資料を投げ出しながらも、「そうめんでも食べよるか」と、制服の上からエプロンをつける。

吾川は冷蔵庫から缶ジュースを出し、さっそく母親が持ち出した捜査資料に目を通している。そこには昨晩私たちがこっそり見た遺体検分書のほかに、届いたばかりの解剖所見や、豊富な現場写真などが追加されていた。

「それにしても、変わった帳場やったわ」

吾川の母がそうめんの袋を開けながら言う。

「嵯峨美玲がいたからやろ。ゼブラ柄に巨乳の」

「せや、その大阪のオバチャンや。彼女は役職も何もついてへん現場の刑事やのに、やったら捜査方針に口出ししてきよってな。本部の刑事部長が仕切っておったのやけど、あのヤサ男、府警のオバチャン刑事を黙らせることもせんと、『せやな、せやな』で終わってもうた」

おそらく奈良県警刑事部長も美玲に何か弱みを握られているのだろう。吾川の母が続ける。

「んで、ま、大まかに言うと、第一容疑者は夫の有栖川光」

「え？　あの人がですか⁉」

二日前、私と達也の前に現われた有栖川は、妻の失踪に困惑し、青白い顔をしていたのだが――。

「それがな、すでにあの夫婦は三カ月前に離婚が成立しとったらしいで」

「三か月前――ってことは、今年の二月」

「せや。発表せずにひた隠しにしておったんは、撮影中の映画『スワン』の上映時期とかぶせて映画の宣伝にしたいっちゅう、リリスサイドの戦略やったようやな」

「腹黒いなぁ、自分の離婚を映画の宣伝に利用するやなんて」

　吾川が言う。

「離婚原因はやはり、リリスと櫛田の不倫関係？」

「有栖川は性格の不一致による円満離婚と言うとった。事実、慰謝料の請求もなかったようやし。ただ、有栖川は櫛田とリリスの不倫を知っておって黙認しとったようやな」

「妻の不倫を黙認して円満離婚かよ。どんだけの男や」

　吾川があきれたように言う。

「しかし一方で、有栖川は奇妙なＣＭを制作しとる。クレジットカードのＣＭで、なんちゅうたかな、〝初めてキスした日のことを〟とかなんとかっていう」

　そういえば同じことを、いつかのラーメン屋の店主も言っていた。

「なんや、そのＣＭ」

「最近深夜によく放送されてるわ。熟年夫婦の離婚危機回避を描いたＣＭ」

　吾川の母がそれを聞いて、笑いながら言った。

「旦那との初めてのチュウ⁉　そんな気持ち悪いもん、覚えとるかいな！」

「ババア。親父が聞いたら天国から呪われるで」

「うるさい。それでな、ＣＭ制作会社の担当者いわく、有栖川には彼が無名のころから何度かＣＭ制作のオファーをしよったそうなんやが、『僕は映画監督ですから』のひと言で断わり続けよったらしい。それが、いきなり今年になって有栖川サイドから『作りたいＣＭがある』と持ち込んできたのが、〝初めてキスした日のことを、覚えていますか？〟のＣＭやったんやて」

「よっぽど誰かにこれを伝えたかったのかしら」

「そう考えるのが自然やろ？　当の有栖川は、『ＣＭ向けのアイデアが浮かんだから提案をしただけだ』とかっこつけとるらしい」

「つまり、ＣＭの内容からしても、有栖川はリリスとの離婚に納得していなかったということですね」

「せやったら、なんで円満離婚なんてしたんや」

吾川が納得いかない様子で言う。

「いずれ殺すことを考えよったんかもしれんな。殺すほど愛しとったんや」

「気色悪。海外でも有名なほど成功した映画監督が、んなアホなことするかいな。近寄ってくる女は掃いて捨てるほどおるやろが」

「いや、ところがよ、有栖川の偏執狂的な一面も証言で出てきよってな」

「偏執狂？」

「リリスのマネージャーの証言なんやが、たまぁにリリスが首に青あざつけて仕事に来ることがあってんて。ファンデであざを隠すのが大変やったと」

「首に、あざ？」

「おうよ。紐《ひも》みたいに細いもんで絞められたようなのとか、指の跡がくっきり残ってるようなのもあったいう話や。夫婦仲があまりようなかったと知っておったから、夫から首でも絞められたんちゃうかとマネージャーはリリスに問いただしよったそうやが、リリスはよう口を割らんかったと」

「それはつまり、有栖川によるＤＶ疑惑があったってことですよね」

「そうなるな。本人は否定しよるけど」

私はふと思い出し、言った。

「そういえば……櫛田にも同じようなＤＶ疑惑があったはず」

それを聞いた吾川親子は、興味津々で顔を突き出してきた。

「櫛田夫妻は有栖川夫妻と違って泥沼離婚劇を繰り広げてるのよ。櫛田の妻が慰謝料の額をつり上げるために、不倫の証拠写真とかＤＶの証拠写真を持っていたらしいわ。首に絞められたようなあざの痕が残っている写真だったと、担当の捜査員は言っていたけど……」

「有栖川も櫛田も、二人そろって首絞めか。リリスはそれが原因で櫛田と別れたんちゃうか？　そして須崎サイドに寝返った」

「でもそんな偶然、ある？　DVのなかでも殴る蹴るのあざはよく見るけど、首を絞めたあざというのは珍しいし。二人そろって首絞めDV男だったというより、リリスと櫛田は不倫関係にあったわけだから、どちらも櫛田の仕業で有栖川は関係ないのかもしれない」

吾川の母がそうめんをゆでながら振り返りもせずに言った。

「たしかにそうかもしれんけど、櫛田の証言が取れんやろ。ちなみに誘拐事件のほうは、背望会から新たなメールが今朝がた届いとったらしい。その資料も入ってるやろ」

驚いた吾川が書類の山を引っくり返し、メールをプリントアウトした一枚の紙を取り出した。

『須崎八太郎奈良県知事殿

日々の選挙活動、ご苦労様です。

さて身代金の件ですが、無能な警察一味の大失態により、一円たりとも頂くことができませんでした。

つきましては、取引不成立ということで、人質・櫛田信正氏を昨日、殺害いたしました。遺体はビニールシートにくるみ、櫛田氏の生まれ故郷である海天村の山中深くに埋葬いたしましたのでご報告いたします。

選挙戦でのご健闘をお祈りいたします。

スワン』

私は思わず息を呑んだ。まさかこんなにあっさりと人質を殺害するなんて――。

「マジか……二回目の取引もなく」

吾川も絶句している。

「まあ、まだ櫛田の死体が出てきたわけではないけど、こう断言しているところを見ると、まず間違いなく殺されてしまったんやないの」

吾川の母が言う。沈黙している私を見て、吾川が優しく語りかける。

「ハラマキちゃんのせいやない。誰が身代金を運んでおっても、同じ結果になったはずや」

そこで、私はずっと考えていたことを口に出した。

「というか、背望会の本当の目的は櫛田を殺すことであって、現金五千万ではなかったんじゃないかと思うのよ」

「――というと?」

「リクルーターは金にほとんど執着を見せていなかったし。たしかに身代金のなかには二千万円弱、ダミーの札束が入っていた。けれど三千万円以上が紙幣番号のそろっていない現金だったのよ。背望会はいま壊滅的状況にあるから、一円でも多くの資金が欲しいはずなのに……。それからもう一つ、拳銃のこと」

「奪われた拳銃か？」

「ううん。庄原巡査の指紋が見つかった大阪ミナミの裏カジノで、リクルーターが上海マフィアから手に入れた拳銃」

「それがどうした」

「リクルーターは取引のとき、銃器の類いは持っていなかったの」

「せっかく手に入れたのに、大事な場面で持ってけえへんかったんか」

吾川の母が菜箸を手に持ったまま振り返り、そう言った。

「そうなんです。おかしいですよね」

「たしかになんというか、犯罪のプロ集団であるはずの背望会が起こすには、行き当たりばったりで幼稚な誘拐事件やなぁ」

吾川がそう言うと、母親が口を出した。

「結局、櫛田の誘拐事件とリリスの殺人事件、捜査会議でも関連性が疑われたんやけど、これといった確証ものうてな。不倫関係にあった二人が同時に別々の事件の犠牲になったことは、ただの偶然じゃないかって意見もあったわ」

「そんな偶然ありますか？　誘拐事件のほうはスワンという人物から脅迫状が届いていて、一方、殺人事件のほうでは〝呪われたスワン〟を演じるはずだったリリスが殺されたっていうのに」

私は捜査会議の方向性に不満を感じながら、再度、解剖所見を見た。

「――リリス、顔をけっこういじってたのね」

解剖所見には鼻とまぶた、顎のラインに整形痕ありと記してあった。

「整形なんてする必要あったのかな。子役のころからすごい美少女だったのに」

「成長するに従って崩れてしもたんちゃうか？　だから整形して直した」

吾川の母が言う。私は続けて疑問を呈した。

「そもそも、海外の有名映画賞の主演女優賞まで獲った大物女優が、どうしていきなり政界進出なのかな。そこも引っかかるんだけど」

吾川の母がゆであがったそうめんをざるに移しながら、言った。

「リリスのマネージャーによると、事務所との契約は今年いっぱいで更新しない予定だったようやで。本人の強い意向で、政治の世界に行きたいと」

「世界的に有名と言っても過言ではない大女優が、女優を引退して政界に進出しようとしたその第一歩が、地方の県知事の応援？　ちょっとぴんと来ないなぁ。たとえば彼女が奈良県出身とかならまだしも」

「いや、彼女は東京出身やね」

吾川の母の答えに、私はますます首をかしげ、息子のほうを向いて言った。

「それじゃあ彼女が須崎県知事に言った『東京に復讐したいから関西州構想を支持する』っていう発言とつながらないわよね。地方から出てきて東京が肌に合わなくてそう考えることはあったとしても、東京生まれ、東京育ちの人間が、何をどうしてそこまで東京を嫌うのか」

すると、「これなんか、政治絡みとまではいかんけど、社会活動に興味があった証ちゃうかな？」と、吾川が昨年度のリリスの税収入についての資料を広げた。

「多額の寄付をしとるようやで。ただの税金対策かもしれんけど」

私は捜査資料をのぞき込み、言った。

「〝児童養護施設なごみの家〟――。昨年は一千万円近く寄付してる。かなりの額ね。リリスって養護施設出身だったっけ？」

「ちゃうやろ。しかもこの〝なごみの家〟は所在地が大阪になっとる。リリスは東京出身やと言うたばかりや」

「また南条リリスという人がわからなくなってきた。東京にも財団や福祉施設は腐るほどあるのに、地方の小さな施設にだけ多額の寄付をするなんて――」

ずや」
「何か、リリスの過去とつながりがあるのかもしれへんな。調べてみる価値はあるは
吾川が電話の下で埃《ほこり》をかぶっていたノートパソコンを引っ張り出し、起動する。
「そういえば彼女の両親って、無理心中で死んでるんやなかった？　一時期ワイドシ
ョーで騒がれておったような」
吾川の母が食器棚から食器を出し、ダイニングテーブルに配りながら言った。
「無理心中？　……ああ、そういえば」
「さすが、ワイドショーばかり見よる田舎のババアはよう知っとるの」
息子の言葉を意にも介さず、吾川の母が続ける。
「たしか、リリスが稼いだ金を巡るトラブルとかで。人気子役の悲劇やな」
「それでリリスは両親を亡くし、大阪の児童養護施設に？」
吾川がパソコン上のリリスの来歴を見ながら言う。
「いや、両親の無理心中事件が起こったんは、リリスが十九のときや。養護施設に入
るには年齢がいきすぎてるやろ」
吾川は大阪にある〝なごみの家〟のホームページを検索し、連絡先を突き止めると、
受話器を取ってさっそく電話をかけた。そして警察であることを名乗り、リリスから
の寄付金がいつからあるのかを確認すると、電話を切った。

「七年前から毎年必ず一千万、寄付をしよってくれとるそうや。おかげで園の建て替えができたと園長が喜んでおった」

「七年前……リリスに何があったのかな。いきなり養護施設に寄付をしようと思い立った何かが……。両親の無理心中事件は、十年前のことよね」

「両親の無理心中事件が、リリスの何かを変えたんかもしれへんな」

私は吾川の手にあった受話器の子機を奪い取ると、「無理心中事件の管轄、警視庁よね？　調書取ってもらうわ」と言い、鑑識課の直通番号を押した。しかし鑑識課長が出たので、私は思わず通話を切ってしまった。

「──何やっとんねん、自分のカイシャにイタ電か」

吾川が突っ込む。

「いや、手伝ってくれるかもしれない同僚がいるんだけど……彼女の携帯電話の番号、水没した携帯に登録しっぱなしだったから覚えてなくて……どうしよう」

「旦那にかけたらどうや？　あんたの旦那、警視庁の警察官やろ？」

「そうだけど……。いま、父娘の喧嘩に巻き込まれるのはごめんなのよ」

「無責任な母親やの」

「ほっといて。あと少しで何かわかりそうなところまで来てるのに、些細《ささい》な喧嘩に付き合ってられないし」

私は警視庁に戻った達也にヘルプを求めることにした。しかしこちらも、携帯電話の番号がわからない。

私は警察手帳とは別に支給されている桜の代紋が入ったメモ付きの手帳から、公安部の代表番号を見つけた。この手帳は各種関係機関の電話番号一覧や、送検までの手続きの仕方、銃刀法違反になる刃物の長さの規定や細かい罰則などが書かれた便利帳である。

公安部公安一課に電話をかけると、すぐに達也とつながった。

「麻希、お前、東京戻ってないのか？」

「うん……まあ、ちょっとね」

「大丈夫か。さっき鑑識課長が困り果てて俺んとこに来たぞ。降格しても知らんぞ」

「それよりも、調べてほしいことがあるのよ。南条リリスのことで」

「そういえば、彼女の死体があがったんだろ」

「彼女の両親が十年前、無理心中で死んでるみたいなんだけど、その調書、ファックスしてもらえないかな」

「それがリリス殺人事件や櫛田誘拐事件と関係してるのか？」

「わからないけど……とにかくお願い」

「ちょっと待ってろ」

受話器の奥からパチパチとパソコンをたたく音が聞こえてくる。データベースに入って調べてくれているようだ。するとすぐに、「あれ？」と声が上がった。

「どうしたの？」

「いや、南条リリスで検索をかけたら、二つの事件にヒットがあった」

「え？」

「墨田《すみだ》区夫妻無理心中放火事件——これが、両親の事件だな。被害者遺族として聴取を受けている。もう一つの事件が七年前——彼女、ストーカー脅迫事件の被害者になっているが、結局犯人は不起訴処分で、裁判沙汰にはなっていない」

「おそらく熱狂的なファンか何かにつきまとわれたんじゃない？　でも、全然報道されてなかったよね」

「七年前っていったらリリスの人気がもっとも下火だったころだから、ワイドショーも飛びつかなかっただけかもしれん。犯人は不起訴処分でリリスと和解してるし」

「そのストーカーって、誰なの？」

「加賀美勇作《かがみゆうさく》。当時三十一歳。職業、メイクアップアーティスト、となっている」

「え？　ってことは同じ業界の人？」

電話の向こうで、達也が息を呑む気配がする。

「——ていうか、まじか、これ」

「何、どうしたの？」

「加賀美勇作、リリスの前夫となってる」

「前夫……？　前夫って、元夫ってこと？」

「それ以外に何があるんだよ」

「つまり——リリスは有栖川と結婚したとき、すでにバツイチだった——」

思わず吾川を振り返ると、吾川は親機の受話器を耳に当てて通話内容を聞いていた。

「離婚の原因はその、有栖川との不倫らしい」

「そして今度は櫛田と不倫して、有栖川と離婚って……すごい女ね」

「リリスは当時二十二歳。加賀美との結婚は二十歳のときだからなぁ。リリスが加賀美を捨てて、勝手に捺印して離婚届けを出してしまったらしい。加賀美は離婚の無効を訴えて裁判を起こしているんだが、その係争中にストーカー行為に及び、逮捕されたことで結局離婚が成立してしまったらしいな。無言電話に待ち伏せ、極めつけが、脅迫状」

「脅迫状を送りつけたの？」

「ああ。——『復縁しないと、お前の美しい顔に硫酸をかけて、ドロドロに溶かしてやる』ってな」

達也から調書がファックスされてくるのを待っているあいだにそうめんを食べていたら、ひどい睡魔に襲われた。

当たり前だ。奈良出張が決まったその日の晩から、私はまとまった睡眠を取っていない。吾川はそうめんを食べ終えたあと、熱いコーヒーを一気飲みしながら、厳しい表情で捜査資料とにらめっこしている。吾川の母はそうめんをかき込むと、帳場へと戻っていった。

テレビでは、南条リリスの追悼特集と称して、彼女が主演した映画を再放送していた。

リリス死亡のニュースはすでに昨晩の夜のニュースで取り上げられていたようだが、それが殺人による変死であることはまだ警察発表されていない。

全裸にされていたうえ、顔が潰されていたとなれば、マスコミはしばらくこのネタを追うだろう。じきに緑に囲まれた平和な海天村役場は、マスコミにぐるりと取り囲まれるに違いない。

追悼番組の冒頭では、局のアナウンサーが神妙な表情で、リリスの来歴を簡単に紹介していた。映画のタイトルは『ブルーサファイアの恋』で、聞くからにつまらなそうなB級ラブストーリーだった。

「——この作品は、当時、人気が低迷していたリリスさんを、日本を代表する女優にまで育てた夫・有栖川光監督との出会いともなった映画です。人気子役からグラビアアイドル、そして大女優へと生まれ変わるきっかけとなった、まだ初々しい南条リリスさんの演技に注目していただきたいと思います」

青い海に、水着姿で歩くリリスの全身ショットから映画が始まった。いかにも当時はグラビアで売っていたリリスが主演らしい、チープさが目につく。

それにしても彼女の顔は本当に美しい。整形による不自然さをまったく感じさせないし、最近テレビなどで見かける印象よりもずっと素顔に近く、彼女の根本に流れる神々しさを感じさせた。しかしリリスの顔に見とれているうちに、私は深い眠りに落ちていた。

どれだけ眠っていたのか、気がつけば私はダイニングテーブルに右頬をつけて、よだれを垂らして熟睡していた。肩にはブランケットがかかっている。

吾川はテレビの横にある電話機の前に立ち、次々と排出されるファックスを一枚一枚手に取って確認していた。

「――ごめんなさい、私、いつの間に」

映画はエンドロールがちょうど始まったところだった。

「映画、全然見られなかった」

「見る価値のない映画や。ところでハラマキちゃん、あんたの旧相棒から調書届いたで」

　私は慌てて立ち上がり、吾川の横に立った。家庭用ファクシミリなので、調書はゆっくりと排出される。じりじりしながら待つあいだ、ちらりとテレビの画面を見て、私ははっと釘づけになった。

『ヘアメイク　加賀美勇作』

「吾川さん！　この映画、リリスの前夫もクルーの一員だったみたい」

　私はそう言い、加賀美の名前を指で追った。

「しかしこれ、リリスと有栖川が知り合うきっかけになった映画やと、さっきアナウンサーが言うておったやろ」

「ということは、撮影現場は修羅場だったでしょうね」

　そこで、ファックスを排出していた電話が着信音を鳴らした。達也からだった。

「いまちょうどリリスの両親の事件調書、ファックスもらってるところよ」

「そんなことより、大変だぞ、麻希」

　達也が興奮気味に言った。

「どうしたの？」

「リリスの前夫の加賀美勇作、結局この一件が響いて離婚を阻止できなかったうえ、業界からも追放されちまったらしい」

「そりゃあそうでしょうね」

「もとはハリウッド仕込みの相当腕の立つ特殊メイクアップアーティストだったらしい。二十代はずっと米国にいて、ほら、俺たちが初デートで見たスプラッタ映画あったろ」

——覚えている。まだ達也と私は大学生で出会ったばかり、付き合うかどうか微妙な関係だったころ、達也に誘われて見たゾンビ映画だ。達也は私がキャーキャー騒いで抱きつくのを期待してその映画に連れていったらしいが、私がごく普通に映画を楽しんだのでがっかりした、とあとから聞かされたことがある。

「あの映画の特殊メイクも、加賀美が担当していたらしい。米国の有名映画賞の特殊メイクアップアーティスト賞にノミネートされたこともあるくらいだから、相当な才能だったんじゃないかな」

「でも、日本ではあくまでヘアメイク担当だったみたいだけど」

私は先ほどのエンドロールを思い出しながら言った。肩書きもヘアメイクだったし、さっきの映画は特殊メイクが活躍するようなものではなかった。

「ああ。日本に凱旋《がいせん》帰国した際にリリスと出会い、その美貌にひと目ぼれして、加賀美は彼女の専属ヘアメイクに肩書きを変えたらしい」

「その後ストーカーになっちゃうあたり、よっぽど彼女のことが好きだったのね」

「で、その加賀美の現住所がだな、聞いて驚くなよ」

「もったいぶらないで、どこよ」

「七年前……ちょうど、リリスの脅迫事件が不起訴処分になって、離婚が成立した直後だな。加賀美は東京都港区《みなとく》から転出して、奈良県に転入している」

「奈良県⁉」

「住所、言うぞ。奈良県吉野郡《よしのぐん》海天村杉里一六五番地」

私は受話器を耳に当てたまま、吾川に叫んだ。

「地図！　地図持ってきて！　海天村の！」

吾川はすぐさま、使い古した大判の地図をダイニングテーブルに広げた。

「たしか、リリスの遺体が発見されたのって——」

吾川がゾウのような形をした海天村の鼻先部分を指差した。

「ここや。杉里地区の、仏納川の慰霊碑前」

私は「ありがとう達也！」と言って電話を切り、吾川の腕をつかんだ。

「すぐに杉里地区に出発して！　リリスに恨みを持つ強力な容疑者が、遺体発見現場近くに住んでいたのよ！」

杉里地区は、吾川の自宅がある谷平地区から車で二十分くらいのところにある。周囲をひときわ高い山に囲まれているうえ、いまだに携帯電話の電波も入らない地区とあって、人口はたったの十八人。そのうちの一人を除いた十七人が年金生活者という、数十年後には廃墟となるのが確実と言われている集落だった。

そして、その高齢者ではない一人というのが加賀美勇作だった。

吾川が黄色のミニバンを運転する横で、私は達也から送られてきたリリス脅迫事件の詳細に目を通した。

コピーとファックスを繰り返したせいか、黒く潰れてしまっているが、加賀美の顔写真も添付されていた。小柄で、ぎょろりとむいた大きな瞳に、髪の毛にはゆるくパーマがかかっている。

「しかしこれは有力な容疑者やで。本部に気づかれる前にゲロらせて、反抗したらぼこぼこにやっつけてやな、加賀美を引きずって『犯人捕まえましたで』と帳場に乗り込みよったら気持ちええやろなぁ」

吾川がニタニタ想像しながら言う。

「加賀美を犯人扱いするのはまだ早いわよ」

私は慎重にそう答えた。そうこうしているうちに、杉里地区に到着した。

平屋建ての家屋がぽつりぽつりと十軒ほど見え、段々畑では茶摘みをしている老婆の姿や、水田で田起こしをしている老人の姿が見えた。

吾川が窓を開けて、茶摘みをしている老婆に声をかけた。

「こんちは。ばあちゃん、ちょっと聞きたいんやけど」

吾川が警察手帳を出す。

「あれよ。また刑事さんかい。ついさっきも来よったで」

「ああ、事件が起こったやろ。女優が殺された」

「私、なんも見てへんで。夜は八時に寝てまうからなぁ」

「いや、わしらが聞きたいんは別のことやで。この集落に加賀美勇作ちゅう三十代後半の男、住んどらんかな」

「ああ、加賀美のあんちゃんなら、あの高台の家や」

茶摘みの老婆が、高台にあるぼろっとした一軒家を指す。平屋建てであちこちベニヤ板で補強されていて、いまにも崩れそうな家屋だ。あんなぼろ屋に、ハリウッドで活躍したアーティストが一人で住んでいるというのか――。

「ずいぶん古びた家やなぁ」

「もともと廃屋やったんを、加賀美のあんちゃんがただ同然で買い取ったらしいで」

「加賀美一人で住んでおるんか」

「おうよ。はよ嫁もらったらええのんになぁ。なかなかの色男やのに、毎日家に閉じこもって何しよるんやか」

「仕事してへんのか」

「親の遺産が入ってからに、働く必要がないんやと言うておったけど。まあでも、たまに変な格好しよるところは見るけどな」

「変な格好？」

「魚屋みたいな格好やで。くるぶしまである白いゴムのエプロンしよってな、白のゴム手袋にマスクしよって、帽子までかぶりよる。これから魚さばくんだと言うておったけど、よっぽどの潔癖症なんちゃうか」

そんな、まるで実験室のような格好で、加賀美は何をしていたのだろう。

「加賀美の人柄はどうや」

「普通のあんちゃんやで。まだ若いんに外で働きもせんでこんな山奥に引きこもってなぁと悪く言う人もおるけど、挨拶はきちんとしよるし、悪い人やないで」

私たちはお礼を言うと坂道を上がり、加賀美の邸宅へ向かった。

田舎の集落ということもあるだろうが、一人で住むにはあまりに広い敷地である。敷地の奥に平屋の母屋があり、手前には離れがある。その向かいには車庫があるが、シャッターが閉まっているのでなかの様子は見られない。

私たちは車を停め、敷地内に降り立った。そのときだった。

車の発進音とブレーキの音があちらこちらに響き渡った。気がつけば、私と吾川は白や黒のセダン数台に囲まれていた。

見覚えのある金髪の男が車から出てきた。そして、何人か降り立ったあとで、はち切れそうな巨乳を包むゼブラ柄が目に飛び込んできた。

美玲だった。

「あら、こんなところで奇遇やねぇ。〝奈良県警の恥部〟吾川さんに、〝警視庁女秘匿捜査官〟ハラマキさん」

美玲が「腹巻き」のイントネーションで呼ぶ。

「――あんたらこそ、なんのマネや」

吾川が敵意むき出しで言い放つ。

「そちらこそ、こんな辺鄙《へんぴ》な場所で何をしてはるの？　原さん、あんた、奈良県警の刑事と不倫デートか？」

捜査に決まってるじゃないと言い返そうとしたが、捜査できる立場にないことに気づき、黙った。美玲はさらに私を挑発しようと、顔を近づけてきた。

「どうして黙ってはるの？　やっぱり後ろめたいことがあるから？」

「……違います！」

「じゃあ、捜査しとったんか？　何か情報つかんだんか？」

「――お前ら、よっぽど暇なんやのう。俺たちをつけてきよったんやな」

吾川が挑発するように続ける。

「それともあれか——俺とハラマキちゃんの秘匿捜査官コンビは優秀やから、何か情報をつかんどるに違いないと、おこぼれ情報をいただくために尾行しよったんか？」

「よう言うわ、奈良県警の恥部の分際で」

「うるさいわ、人の弱みで昇進するしか能がない実力不足の女刑事が！」

美玲の眉毛がぴくりと動く。

「あんた、自分に能力がないとわかっとるから、人の弱点握ることに奔走するんや。そして、警視庁で大活躍の女秘匿捜査官・ハラマキちゃんに嫉妬しよる。せやから誘拐事件の帳場でもハラマキちゃんをいじめよったんやろ？」

美玲は少しも動揺せず、言い返した。

「さっきから人のことをよう無能呼ばわりするわな。そういうあんたはどうなん？奈良県警の恥部と言われよっても成果のあがらん捜査続けよって——そんな暇があんのやったら、もう少し家庭を顧みとくべきやったんちゃうか」

美玲がにやりと口角を上げて笑った。吾川の表情が一変する。

「ちゃんと家族を見てたら、安奈《あんな》ちゃんはたったの四歳で死なずに済んだんやないの？」

私は呆気にとられて美玲を見た。吾川の十数年前の個人情報をつかんでいることにも驚いたが、子供の死までもネタにするなんて――。

「あんたは奈良県警のなかだけでなく、家庭のなかでも恥部やったんやろ！」

吾川の拳がぎゅっと握られる。しかし、ここで美玲の挑発に乗ってはいけない。せっかく目の前に有力な容疑者がいるというのに――。

私は吾川の前に一歩出て、美玲の前に立ちはだかった。

「嵯峨さん。私たちはこの邸宅に、加賀美勇作という男が住んでいることを突き止めたんです」

吾川が驚いて、乱暴に私の肩をつかんだ。

「な！　ハラマキちゃん！　なんでそれを――」

「吾川さんは黙ってて！」

美玲ら一行も、私の発言に意表を突かれた様子だ。

「加賀美勇作。ご存じですよね、嵯峨さんなら」

「――南条リリスの前夫やろ」

「そうです。離婚に際して、加賀美がストーカー事件を起こしていたことはご存じですか？」

美玲がちらりと仲間たちを見やった。刑事たちは小さく首を横に振ってみせる。

「結局そのときは不起訴処分になってますけど、離婚直後からこの山奥でひっそりと暮らしているみたいです。そしてリリスは昨日、この下の仏納川のほとりで遺体となって見つかった。こんな有力な容疑者、ほかにないですよね。だから私たちはここまで来たんです」

吾川が私の横でがっくりと落胆するのが見える。

私の真意を測りかねてか、美玲はゼブラ柄の前で腕を組み、じっと私を見つめている。

「一つの事件を前に、捜査員同士が手柄を独り占めするために情報を隠し合って、なおかつその情報を巡って互いの痛いところを攻撃し合うなんて、バカバカしいと思いませんか？」

美玲は何も言わない。私も何も言わずに美玲を見つめていると、彼女のほうから視線をそらした。

「私と吾川さんは情報を出しました。一刻も早く犯人を見つけたいからです。だから――」

美玲は私の言葉を遮って、ぶっきらぼうに言った。

「海天《あまて》高校へ行ってみたらええ」

「――え？」

「私たちが行く予定やったところ。そこの陸上部の高校生たちが、部活帰りに南条リリスを目撃したと言うてる」

「本当に⁉」

「南条リリスが最後に目撃されたんは、五月十八日の午前一時。それから死亡推定時刻の午後十一時まで、二十時間近く足取りがつかめとらん空白の時間があるやろ？これは重要な目撃証言やで」

私はブツブツと文句を言う吾川を引き連れて、下野地地区の外れにある海天高校を訪ねた。

午後四時半。すでに授業が終わり、学生たちが部活動に励んでいる姿が見えた。

私たちはまず職員室を訪ねた。対応に出た事務員は、「あらぁ、わざわざ刑事さんたちが来てくれはったなんて、大げさな」と、なぜか笑いをかみ殺したような顔になった。

応接室に通され、ソファに座って待っていると、やがて教頭に連れられて五人の少年たちがおずおずと入ってきた。みな部活動の最中だったのだろう。ティーシャツ姿で、汗をひっきりなしに拭いている。

吾川が警察手帳を見せ、言った。

「さっそくやけど、南条リリスを目撃したと」

生徒たちが顔を見合わせながらも、何度かうなずいた。ゼッケンに「森山《もりやま》」と書かれたいちばん背の高い少年が、一同を代表するようにして言った。

「——誰も信じてくれへんのやけど、たしかに俺たち見ました。五人全員そろって見たんですから、間違いないです」

「そう。ちなみに場所を教えてくれるか?」

吾川が地図を出し、ガラステーブルの上に置いて見せた。森山少年が即座に杉里地区を指差す。

「ここです。俺たち長距離やっとるんで、東へ向かう県道を走るんですけど」

「じゃあ、その日も杉里地区まで走っていったんか?」

「はい。杉里に到着したのは午後五時ごろで、ゴールは坂出コウの慰霊碑の前でした」

吾川がうなずいて見せる。森山少年が話を続ける。

「それから三十分、慰霊碑近くで休憩とクールダウンをしてました。部活動の時間はこの時期は六時までと決まっとったので、監督がワゴン車で杉里まで迎えに来るのを待っとったんです。そうしたら、河原の茂みのほうから物音がして——」

横でじっと話を聞いていた小柄な少年が、ぶるりと身震いをした。

森山少年は一度咳払《せきばら》いをすると、しっかりした口調で言った。

「正直、あの事件があってから、慰霊碑の前まで走るんは半分肝試しみたいな感覚もあったんです。監督からは、まだ警察がいるやろうからゴールの場所を変えたほうがええと言われたんですけど、なんというか、有名女優の死体が発見された場所に、警察が捜査とかしとるあいだに行ってみたいっていう興味が勝って――」

吾川が眉をひそめ、私を見る。そして、一瞬考えたあと、言った。

「ちょっと待てや。――君らが南条リリスを目撃した言うんは、いったいいつのことや？」

「昨日のことです」

吾川は関西人らしく、思い切りズッコケてみせた。

「待て待て待て。南条リリスは三日前に殺されとるんやで？」

「せやから、僕らが見たんは南条リリスの亡霊やと思うんです。本当に恐ろしくて、僕ら、もう全速力で杉里を離れて、近くの駐在所に駆け込みました。駐在さんは笑うて、全然相手にしてくれへんかったんですけど――」

私は深いため息をついた。吾川はじっと怒りをこらえた表情で、ソファにもたれた。

――私たちは、美玲に一枚かまされたのだ。まさか、幽霊の目撃証言の聴取に行かされるとは……。

吾川は明らかに落胆しつつも、子供たちの手前、聴取を続けた。

「そうか。君らが目撃したんは、幽霊やったか」

「でも、まるで生きてる人間みたいやったで」

ゼッケンに「佐久間《さくま》」と書かれている少年が口を開く。

「ちゃんと足もあったしな」

森山少年が言うと、隣の少年が首を横に振りながら言った。

「しかし、顔がおかしかったで」

「あれは気持ち悪かったな」

膝をテーピングしていた少年が続ける。

「顔がおかしいっていうのは？」

「なんちゅうんやろ、四谷怪談のお岩さんみたいな。右目のまぶたが腫れ上がって赤黒くなっとって、その周辺が火傷のケロイドみたいになっとった」

——遺体の顔面はケロイドではなく、潰されていた。しかも右側だけではなく、顔全体だ。そう考えたところで、はたと、加賀美が起こしたリリス脅迫事件の調書が頭に浮かんだ。

私は身を乗り出して、少年たちに問うた。

「顔の左側はどうだった？」

「左側はきれいなままやった。せやから、南条リリスだとすぐにわかったんです」

「それで、彼女を目撃して驚いて逃げたとき、あちらの反応は？」

「あっちもあっちで、俺たちがいるのを見て驚いた様子やったんです。俺たちも逃げたけど、振り返ったときにはあっちも逃げよるところで——正直幽霊というより、生きた人間みたいやった」

私たちはそこで少年たちの聴取を終えて、海天高校をあとにした。

吾川は怒り心頭の様子で黄色のミニバンの運転席に座ると、車のキーがねじ曲がるほどの勢いでエンジンをふかした。

「嵯峨美玲のやつ……いまから押しかけてひき殺したるっ！」

「そんなに怒らなくても。充分参考になったじゃない」

「幽霊の目撃談のどこが捜査の参考になるんや！」

「だけど、少年たちがリリスを目撃したのは午後六時よ。最近はまだ六時ごろって明るいから、見間違えるはずはないと思うのよね。ましてや、右目の周囲にケロイドのような痕があったと、全員一致で証言してるのよ」

「アホらしい。あんた、幽霊なんぞ信じるんか」

「基本、自分の目に見えないものは信じない。だけどあの子たちが嘘を言うとは思えない」

「じゃ、そのケロイドのあるリリスは、いったいなんやというんや」

「本物の南条リリスなんじゃない？」

吾川はぽかんと口を開けて、私を見た。

「だから、私が最初にリリスの遺体を見たときに言ったでしょ。右利きなのに左側の歯の裏にヤニが残っているのはおかしいって」

「せやかて――」

「それに、リリスの右目周辺のケロイド情報も気になる。加賀美は七年前、リリスに『顔に硫酸をかけてやる』って脅してるのよ。硫酸ってケロイドになるでしょ」

「つまり――どういうことや？」

「つまり、顔を潰されたあの遺体は、南条リリスじゃない。本物の南条リリスはまだ生きているのよ」

チャプター5　初めてキスした日のことを、覚えていますか？

吾川の自宅に戻ったころには、午後六時を過ぎていた。

ちょうど帳場から戻ってきた吾川の母が、おもむろにダイニングテーブルに大量のおにぎりやサンドイッチ、惣菜《そうざい》などをぶちまけた。

「もう限界やで。夕飯はこれで我慢してや」

吾川の母はそう言うと、ダイニングテーブルの脇にあるこたつに入って横になった。

「なんやババア。帳場の食糧くすねてきよったんか」

「ええやろ。あんたらかて捜査してんねんから」

空腹だった私は、吾川と事件を整理しながらサンドイッチを頬張った。

「しかし、ハラマキちゃんの説はあまりにも無理があるで。南条リリスがじつは生きているなんて」

「だけど、実際に事件のあと、五人もの少年がリリスを目撃してるのよ」

「せやかて、遺体の指紋とＤＮＡは南条リリスのもんと一致しとるんや」

「対象の指紋やDNAが間違えていたのかもしれないじゃない」

「んなことあるかいな。どう間違うんじゃ」

「――こうは考えられない？　南条リリスが、もうずっと前から別人だったとしたら？　たとえば一年前とか、半年前とか。いや、加賀美の脅迫事件との関連性を考えたら、もしかしたら、七年前からリリスはニセモノにすり替わっていたのかもしれない……」

「あほらし。七年も影武者が表で活躍しよったっちゅうことか」

「だとしたら、当然、対象となるDNAもニセモノのものになるでしょ」

「せやけど、そんなことが通用すると思うか？　第一、夫の有栖川が気づくやろ」

「……そうだ、あの手があった。親子鑑定よ！」

私は電話を借り、警視庁鑑識課の電話番号を押した。鑑識課長が出ないことを必死に祈りながら、吾川に説明する。

「リリスの両親は無理心中事件で死んでいる。ってことは、彼らのDNAデータが事件を取り扱った管轄に残っているはず。それと今回の遺体のDNAと親子鑑定するの」

「なるほど――」

「運がよければ、事件関係者として、十年前のリリスのDNAも採取されているかも」

祈りが通じたのか、頼りの溝口鑑識課員が電話に出てくれた。彼女は電話に出るなり、「大丈夫なんですか？」と心配の声を上げた。

「もうこっちは麻希さんの話題で持ち切りですよ」

「そう。人気者で誇らしいわ」

「冗談言ってる場合じゃないですよ。今度は奈良県警の刑事から拳銃を奪ったうえ、警察手帳とセットでテロリストに横取りされたとかなんとか言うじゃないですか」

「……噂話ってホントに伝わるのが早いわね」

「報告を受けた刑事部長が自ら鑑識課にやってきて、課長に雷落としていきましたよ。すぐ戻ったほうがいいんじゃないですか？」

――よけいに帰りたくなくなった。

「とにかく、急ぎの用件があるの。協力お願いしたいんだけど」

「無理です。ただでさえ麻希さんのいない穴を埋めるために、私は毎日残業してるのに」

「とにかくお願い。奈良のお土産たくさん買っていくから」

いやがる溝口鑑識課員に、十年前に起こった墨田区夫妻無理心中放火事件の関係者DNAデータを大至急吾川宅にファックスするように頼み込んだ。

私が電話を切ると、吾川が難しい顔をして言った。

「ふと思うたんやけど、この南条リリスの事件と櫛田誘拐事件のつながりを、もっとちゃんと調べるべきやと思わんか。二つがつながっておるとしたらやな、話は単純やなくなってくるで」

「――だけど櫛田の事件では、実際に背望会のリクルーターが私の目の前に現われたのよ。たしかにあの誘拐事件が背望会の仕業というには違和感があるんだけど、本人が出てきたんだからそういうことなんじゃないの」

そこで吾川が妙なことを言った。

「そのリクルーターってのは、本当にテロリストなんか？」

「何をいまさら。彼はかつて、私や広田警部の前にまで現われて、背望会へ勧誘しようとしたのよ」

「ただの仲介役やっただけかもしれんで。実際、やつがテロを実行したという証拠とかはあがっとんのか？」

「だから、今回の誘拐事件」

「それ以前の――たとえば、去年の連続テロ事件のときや」

「……それはあがってない。実行犯はあくまで末端のテロリストたち」

「計画を立てたのは？」

「……それは、逮捕されたアゲハ」

「なら、そのリクルーターは、テロリストをリクルートしただけやんか」

言われてみれば、たしかにそうだ。彼が背望会の理念を胸にテロ活動を行なっているという絶対的な証拠はあがっていない。

「そう考えたら……櫛田の誘拐事件はテロじゃないってことになるわよね」

「それが、南条リリスとおぼしき女性の殺人事件とつながっておるのかもしれん。それに、遺体の口のなかにあったメモも、何を意味しているのか……」

「『1002G8』ってやつね。でも、これも含めて考えると、わけわかんなくなってくるわ」

吾川はふと黙ったあと、思い切った様子で言った。

「たとえば、ホンボシは南条リリス、ってのはどや」

「え？」

「リリスは櫛田誘拐事件に一枚絡んどる。警察を混乱さすため、身代わりの人物を殺して顔を潰し、死体を遺棄した――」

「――となると、彼女はたった身代金五千万のために、自身の女優としての名誉もこれからの政治への道も捨てた、ということ？」

「うーん。ありえへんか。しかし、あんたの推理どおり、もし南条リリスがもうずっと前から別人に入れ替わっていたのやとすると――身代わりだった人物を殺して目立つ場所に遺棄なんてしたら、二度と自分が南条リリスであると名乗り出られなくなるやないか」

「たしかに。やっぱり、長いあいだ別人が南条リリスを名乗って活動していたなんて、現実的にありえないのかなぁ」

「ありえるんやないの、南条リリスなら」

そう言って話に入ってきたのは、こたつに横たわっていた吾川の母だ。

「なんやババア、寝とったんやないんかい」

「ちょっと待っとき。ええこと思い出したで」

吾川の母はよっこらせと起き上がると、腰をたたきながら二階へと上がっていった。古い木造建ての家屋のせいか、二階を歩き回る音がぎしぎしと天井から伝わってくる。吾川はその足音だけで、母親がどの部屋にいるのかわかったようだ。

「何やっとんのやババア。人の部屋に勝手に入りおって」

やがて吾川の母が、手にDVDを持って下りてきた。外観からすると、いかがわしい種類のもののようだ。ど派手なピンクのタイトルと半裸のAV女優の写真、その体に無数の手が伸びて白い全身をまさぐっている卑猥《ひわい》なパッケージだった。

「ほれ。あんたの数多いコレクションのうちの一つや」

吾川は瞬時に赤面し、それを引ったくった。慌てて私はそれを引ったくる。

「似てる！　南条リリスにそっくり！」

髪型や化粧の雰囲気はまったく違うが、たしかにこのAV女優は南条リリスとよく似ている。

「やろ？　北条《ほうじょう》リリスちゅうんやで、このAV女優。名前までそっくりでないの」

「なんでババアがこんなん知っとんねん」

「そら、あんたの荷物を整理しよったら目につくわ。こういう、有名女優の名前をもじったようなやつは」

「わざわざ人の荷物を整理せんでええ！」

「せやったら、いちいち引越しのたびにいらん荷物を実家に送りつけてくるんやない！」

「警察官舎は狭いんやから、しゃあないやろが！」

私は母子の喧嘩をよそに、パッケージに挿入された本編の写真に見入っていた。そして思わず、興奮の声を上げた。

「見て、この写真！」

北条リリスがOLに扮して、バッグを肩に担いで通りを歩いている写真だ。

「なんや。これがどうした」

「吾川さんて右利き？」

「せや」

「バッグはどっちの肩に担ぐ?」

「そら右肩や」

「北条リリスは左肩に担いでる。彼女は左利きってことよ!」

「――ちょっと待て。歯の裏のヤニの件か?」

「そうよ! あの遺体は、ヤニが左側に濃く残っていたから左利きの人間である可能性が高いって言ったわよね。もしかしたらあの死体は南条リリスじゃなくて――」

「こっちの、北条リリスのほうだってのか!」


一時間後、溝口鑑識課員からようやくリリスの両親のDNAコード表がファックスで届いた。即座に溝口鑑識課員に連絡を入れる。溝口鑑識課員は、少し落胆した様子で答えた。

「残念ですが、当時の南条リリスの指紋及びDNAデータはありませんでした。両親が無理心中をした日時、南条リリスはドラマ撮影の真っ最中だったようで、鉄壁のアリバイがあったんです。事件には無関係だと判断されたのでしょう」

「そう。まあいいわ。両親のDNAデータがそろっていれば。――それで、追加のお願い!」

「勘弁してください! こっちだって忙しいんですから」

「お願い、お願い、お願いします！　北条リリスっていうＡＶ女優の素性について調べてほしいの！」

「それは鑑識課の仕事じゃないです。一課の人に頼んでくださいよ」

「でも、これが最後のお願いになるかもしれないから――」

私は声音を作って拝み倒す。

「――だって、拳銃貸与と警察手帳紛失の件で、私、きっと処分されるもん。もう溝口さんと机を並べて仕事できないかもしれない……」

「……わかりましたよ。北条リリス、ですね」

溝口鑑識課員が電話を切ろうとしたので、私は慌てて、折り返しの電話は吾川の携帯電話にかけるように告げて通話を切った。そして、南条リリスの両親のＤＮＡコード表を胸に抱え、吾川に向き直った。

「吾川さん、帳場に乗り込むときよ」

「だめや！　また嵯峨美玲にしてやられるで」

「だけど、私と吾川さん二人だけじゃ、親子鑑定はできないわ」

吾川が苦虫をかみ潰したような顔になる。

「もしこれで、あの遺体が南条リリスじゃないと証明されたら、これはただの殺人事件じゃなくなる。一刻も早く、帳場の捜査員たちと情報を共有するべきだわ」

吾川は深いため息をつき、重い腰を上げた。

「やれやれ。刑事としては、それが正解やな」

私と吾川は意を決して、南条リリス殺人事件の帳場がある海天村役場の前に立った。自動扉の入り口をくぐってすぐ目の前にロビーがあり、左手に市民課などの窓口が見えたが、すでに窓口は閉まっている。奥のほうの蛍光灯が小さく光り、残った職員たちが残業している姿が遠くに見える。

右手にある広い階段を見上げると、その階上から、男たちの大きな歓声のようなものがうぉおおおと聞こえてきた。

階段に一歩足を乗せていた私と吾川は思わず立ち止まり、顔を見合わせた。

次の瞬間、ぞくぞくと革靴の音が近づいてきたと思ったら、奈良県警、大阪府警の捜査員たちが入り混じり、波のような勢いでこちらへ駆け下りてきた。

「な、なんや⁉　いったい何があったんや？」

刑事たちは私と吾川のことなど気にも留めず、表に停めてある駐車場の覆面パトカーへいっせいに乗り込み、回転灯を車の屋根に乗せて国道へ飛び出していった。

吾川がようやく刑事の一人をつかまえて、引き寄せた。奈良県警捜査一課の曽根刑事だった。

「――吾川!?　お前、ここで何しとんのやっ」

「ちょっと……散歩や。わしの実家が役場の目と鼻の先にあるんは知っとろうが」

「知らんで、んなこと」

「それより、いったい何があった」

「加賀美にとうとう令状が下りたんや！　これから家宅捜索に向かう。あ、加賀美言うても、捜査外されとるお前にはわからんこっちゃな」

　吾川は曽根を放すと、私に向き直った。

「ハラマキちゃん、俺らも行くで！」

「だけど、ＤＮＡ鑑定を頼まないと……」

　そこで私は誰かとぶつかった。美玲だった。

「あんたっ、前向いて歩きや！」

　彼女も興奮気味に、私の横をすり抜けていこうとした。私は彼女の腕を強くつかんで言った。

「少年たちの南条リリスの幽霊目撃談、たいへん参考になったわ」

「……」

「あの遺体は南条リリスじゃない可能性が出てきた」

「はぁ!?　あんた、気狂ったんちゃうか？　何をバカなことを――」

「ここに、警視庁から取り寄せた南条リリスの両親のDNAコード表が入ってる。遺体のDNAと親子鑑定して」

美玲は書類を受け取らず、私をにらみ下ろしている。

「――自信のほどは？」

「――加賀美の情報は、間違えていた？」

美玲はしばらく私を見下ろしたあと、私が差し出した書類を引ったくるようにして取り上げると、階段のほうへと向き直った。

「あんたも一緒に来なさい」

私は美玲のあとをついていった。加賀美の家宅捜索に混ざった吾川とは、そこで別れた。


三階の大会議室にある帳場はひどいカオスだった。加賀美勇作の令状が取れたことで捜査員たちが興奮して椅子を倒し、私物を残したまま会議室を飛び出したためだ。床にはコーヒーがこぼれたままで、割れたカップを拾っている女性警察官の姿も見られた。

美玲が残っていた鑑識課員にDNAコード表を渡し、厳しく言う。

「科捜研に、一時間以内に親子鑑定の結果を出すように伝えて」

そして私に向き直り、言った。

「リリスの頭髪から赤土の成分が出たのは知っとる？」

私はうなずいた。

「なんで知っとるの」

返事に窮していると、「まあ、ええわ」と美玲は珍しく笑い、言った。

「赤土のなかからアカマツの木片と、ニセマツタケのＤＮＡが検出された。海天村のなかで、アカマツの雑木林でニセマツタケが取れる場所は全部で四カ所。そのうちの一つに、加賀美勇作が所有する裏山が入っとった」

「それですぐに令状が下りたんですね」

「ま、あんたからの情報もあったしな」

どうやら感謝されているようだが、美玲の態度があまりに大きいので、よくわからない。

「で――あの遺体が南条リリスではないとすると、あんたがたどり着いた結論はいったいなんや？」

私は北条リリスのアダルトＤＶＤを美玲に差し出した。美玲は一瞬ぎょっとして私を見たが、素直にそれを受け取った。

「――よくある話やね。人気有名女優の名前にあやかってＡＶ嬢を売り出す」

「そっくりですよね、彼女、南条リリスに」

「整形でもして顔を近づけたんちゃうか」

「発見された遺体にも、顔に整形の痕跡がありました。それから、歯の裏のヤニが、私にはずっと気になっていたんです」

「ヤニ？」

「検死官も解剖医もあまり重要視しなかったんでしょう、解剖所見には記載がありませんでしたが、たしかに遺体の左側の歯の裏側にタバコのヤニが濃く残っていました。しかし南条リリスは右利きなので、左にばかりヤニが残るのはおかしいんです。で、この北条リリス、よく見てください。バッグを左肩に担いでいるから左利きですよね」

美玲はうんともすんとも言わず、パッケージを見ている。

「こうは考えられませんか？　リリスを有栖川から奪い返したかった前夫の加賀美が、北条リリスと結託してリリスを拉致誘拐した。南条リリスに成り代わった北条リリスは、利き手を左から右に変えてまで南条リリスを演じたけれども、タバコを吸う手はつい左のままになっていた——」

帳場の電話は引っきりなしにかかっている。対応していた奈良県警の捜査員が立ち上がると、私を呼んだ。

「原さん！　警視庁の鑑識課の方からですよ！」

私は即座に電話を取った。溝口鑑識課員だった。

「いい加減にしてくださいよ！　今度は電話をたらい回しですか⁉　麻希さんがかけろと言った携帯番号にかけたら男の人が出て、いまは忙しいからこっちにかけてくれと。いったいどうなってるんです！」

「ごめんなさい！　事情は東京に帰ってからで……で、何かわかった？」

溝口鑑識課員は怒りを鎮めているのか、沈黙している。私がさらに謝ると、いきなり〇三から始まる電話番号を言い渡された。慌ててメモをする。

「北条リリスが所属していた芸能事務所です。担当は佐古《さこ》さん。以上」

あっという間に電話は切られてしまった。

私は美玲に事情を説明しながら、すぐさま言われた電話番号をプッシュした。

電話の応答に出た女性に、佐古さんと代わってくれと告げる。警視庁の者だと名乗ると、電話は携帯電話に転送されたようだった。

すぐに電話に出た佐古は、はつらつとした声をしていた。しかし、「リリスをスカウトし面接したのは自分で、あれは三十代でいちばんいい仕事だった」と言うから、四十は超えているのかもしれない。佐古はじつによくしゃべる男だった。

私は美玲にも聞こえるように、電話をスピーカーホンにして通話をした。

「佐古さん。それじゃ、街角で北条リリスを見かけて、声をかけたんですか？」

「スカウトといってもね、声かけたわけじゃないよ。桃子《もも こ》は——あ、北条リリスの本名、柏木《かしわぎ》桃子ね」

佐古が漢字表記を教えてくれたので、メモを取った。

「桃子の不運はなんといっても、南条リリスが先にデビューしちゃったことで、結局そっくりさんという存在でしか世間に認知されなかったっていうことだろうね。しかし、演技の才能や頭のよさでは、当時の南条リリスなんてくそ食らえだったと思うよ」

「彼女の生い立ちとか——出身地とか生年月日、わかりますか？」

手元にその資料を置いているのか、佐古がすらすらと答えた。

「一九八×年、十二月十日生まれ。大阪市出身。なんでも両親を早くに事故で亡くして、十五まで親戚じゅうたらい回し、最終的には児童養護施設にいたらしい」

——南条リリスが七年前から多額の寄付を寄せている養護施設に違いない。

「それから、高校卒業してすぐ一人で東京に出てきた。女優になりたいと大手芸能プロダクションの門戸をたたいたらしいんだけど、南条リリスに似てるから潰しが効かない。そっくりさん専門の芸能事務所を紹介されたらしいんだけど、モモは物まねタレントにはなりたくないと、かたくなに拒んだらしい」

桃子という呼び捨てから、モモという愛称に呼びかたが変わった。北条リリス、いや、柏木桃子とこの佐古という人物は、近しい人間だったのかもしれない。

「それで結局、あちこちたらい回しになってたどり着いたのが、我がアダルト女優専門の芸能事務所ってわけ」

「でも、桃子さんは女優になりたかったんですよね。そんなところに回されて、契約を拒まなかったんですか？」

「モモはなんのつてもなくたった一人で東京に来て、事務所をたらい回しにあってようやくうちに流れてきたんだ。高校時代にコツコツためておいた貯金も使い果たしてしまって、一文無しだった。一週間、ろくなものを口にしてないと言っていたっけ。ひどくおなかをすかせてて、痩せ細っててね。だから、高級フレンチに連れていってやったの。そこで肉をがっつきながら、モモは泣いちゃってね。東京なんて大嫌いだと。もう二度と、飢えるのも、たらい回しにされるのもいやだと。なんでもいいから契約してくれと」

「やけっぱちだった、ということですか」

「それがそうでもないから驚いた」

「――というと？」

「ＡＶといっても、見てくれだけで契約っていうほど甘い世界じゃないんだ。小遣い稼ぎの素人を次々使い捨ててるみたいに見えるけどさ、本当は事務所だって、最終的にはテレビ出演もできるくらいの大物ＡＶ女優を育てたいわけよ。だからただじゃ契約しない。実技試験をパスしないとね」

「――実技試験って？」

「俺が試験官。モモはまだ処女だった」

私は思わず返事に窮した。

「しかし、わからないなりに、どうすれば男は歓ぶのかとかよく質問してきて、覚えの早い子だった。境遇は不運だったかもしれないけど、それを逆手に取って、なんでも吸収してのし上がってやろうっていう野心家だったな」

「たとえば具体的に……将来政治の道に進みたいとかいう話は？」

「政治かどうかはわからないけど、口癖のように言っていたのが、『いつか東京に復讐してやる』って言葉だったね」

――つながった！

「大阪で育った彼女にとって、初めてやってきた東京はあまりに冷たくて無常だったんだろうね」

「――それでその後、彼女を北条リリスとしてAVデビューさせた」

「ああ。南条リリスファンの需要を見込んでね。顔も南条リリスにもっと近づけるために、整形させた」

「ちなみに、顔のどのあたりを？」

「えーっと、まず、目をもう少しぱっちりさせたくて、まぶたを切ったんだっけな。鼻が本物ほど高くなかったから鼻も整形させて、顎のラインをシャープにさせるために少し顎骨を削ったような」

遺体の解剖所見と完全に一致する。

「結局、彼女は売れたんですか？」

「まあね。だいぶ稼がせてもらった。モモはアダルトとはいえ、演技力はぴかいちだったしな。一年契約で、三回更新した。たしか五年目の契約で、これまでの契約金の倍に額を上げて契約するはずだった――」

「ちなみに、契約金がおいくらだったか、教えてもらえますか？」

「一年目は三百万。翌年からは五百万。五年目で一千万、の予定だったんだが」

「桃子さん、蹴ったんですか？」

「蹴ったというか――煙のように消えて、跡形もなくいなくなった」

私は思わず身を乗り出した。

「それは、いつのことですか？」

「七年前のことだよ。詳しい日付も覚えてるよ。失踪届を出したのが三月十日。で、今年の三月十日、失踪して七年たったから死亡宣告ができるっていう通知をもらった」

「――失踪に、何か思い当たる理由は？」

「まあ、その二〜三年前から急に羽振りがよくなったなという印象はあった。たしかに契約金五百万は高いけどね、AV女優もキャバ嬢と同じでけっこう経費がかかる。残る金ってあんまりなかったりするんだ。けれどモモは新しいマンションを現金で買ってたしな」

「現金でマンションを？」

「ああ。しかも麻布《あざぶ》に。これはまずいなと思った。ヤクザ絡みだと。モモに問い詰めたこともあったけど、うまくかわされちまった。だから失踪したときは、ヤクザに消されたんだと思った。いちおう捜索願は出したけど、相手が組関係だったら、こっちもあんまり深入りするとあとが厄介だから。ま、この業界じゃ、よくあることだしね」

「わかりました。――あのう、何か、桃子さんの身元を確認できるようなものとかって、持ち合わせてますか？」

「いちおうパスポートはとってある。捨てるに捨てれなくて。それから手帳も。当時のスケジュール帳って、思い出が詰まってるもんでしょ。だからとってあるよ」

私がそれらを大至急宅急便で送ってほしいと頼むと、「もちろんだよ」と佐古は快く引き受けてくれた。

「俺もね、しばらくは忘れかけていたんだけど、今年に入って死亡宣告ができるという通知をもらってから、急に彼女のことを思い出したりもしてて――生きてるにしても死んでるにしても、どっかで骨になって寂しく埋まってたらかわいそうだしな。刑事さん、あいつを探してやってよ」

私は丁重にお礼を言い、電話を切った。一緒に通話を聞いていた美玲が受話器を私から引ったくり、すごい早さでプッシュホンを押した。相手は奈良県警の科捜研らしい。

「府警の嵯峨や。さっきの親子鑑定の結果はまだ⁉　あと十分しか待たんで！」

十分後、科捜研から折り返しの電話があった。電話に出た美玲が、なかば呆然《ぼうぜん》としながら私に告げる。

「――親子の確率、0パーセント、やと」

やっぱり！

私は美玲の手から受話器を奪い、奈良県警の科捜研研究員に叫んだ。

「続けて大至急のお願い！　遺体の骨格鑑定をお願いしたいの。対象データはすぐに抽出してデータ送らせるから！」

人間はある程度成長してしまえば、出産などを経験していない限り、その骨格はほとんど変わることがないのだ。これで骨格が一致すれば、もうあの遺体を柏木桃子と断定してよいだろう。

私は相手の返事も聞かずに電話を切り、鑑識課員にアダルトＤＶＤを渡して指示を出した。手元の電話が鳴ったので思わず出ると、相手は吾川だった。

「ちょうどよかった。すぐに杉里へ来いや。加賀美があっさり自供しよったんや」

「本当に⁉　南条リリスに似た女を殺したこと、認めたの？」

「いや、そっちやない」

「じゃあ、誘拐事件のほう？」

「そっちでもない。庄原巡査の遺体損壊事件のほうや」

私は言われて、あっと気がついた。加賀美はもとは、ハリウッドで活躍していた特殊メイクアップアーティストだったのだ。

「——そういうことか。庄原巡査の手首を切断して、指紋をコピーして、シリコンか何かにうつして偽造指紋を作っていたのね」

「そしてそれを、背望会リクルーターに売ったようや」

私は電話を切り、即座に東京の達也に連絡をした。


それからすぐ、私と美玲は二人で杉里地区の加賀美の家宅捜索現場に向かった。段ボール箱を持った、かなりの数の捜査員が忙しく行き来している。黄色のテープが張られた封鎖線の手前には、杉里地区の住民が十数人、呆気にとられた様子で警察の動きを見守っていた。

加賀美はパトカーのなかで、取り調べを受けていた。

屈強な刑事たちに挟まれた加賀美は、痩せ細った小柄な男だった。小さな体に小さな顔、天然パーマが伸び切っただらしない髪の毛に、ぎょろりとした大きな目――。

美玲はパトカーのなかの捜査員と交替して、加賀美の横に座った。取り調べを替わるらしい。

その隙に、私は築六十三年という加賀美の自宅のなかへと足を踏み入れた。

上がり框《がまち》に上がると、床が抜けるかと思うほど激しくギシギシときしんだ。

そしてすぐに、この邸宅が妙なもので埋め尽くされていることに気がついた。

それは、鏡だった。

玄関には左右と正面に合計四つ、壁にかけられている。廊下にはずらりと十個――。

そこへちょうど吾川が段ボールを抱えて部屋の奥から戻ってきた。私も吾川も正式な捜査員ではないが、みな事件解決を目前に控え、私たちを排除することに興味がないようだった。

「それにしても、どうしてこんなに鏡がかけられてるのかしら？」

「加賀美だけに鏡か？」

「まさか。彼はとんでもないナルシストだったとか？」

「それよりも、おもろいもんがいろいろあるで」

吾川がそう言って私を手招きする。

加賀美の自宅の入り口脇には土間、その奥に台所、そして縁側の長廊下に二間の和室があった。どうやらこの家は、「指紋製造部屋」と「南条リリス部屋」に分かれているらしい。土間と台所が「指紋製造部屋」だったようだ。

台所には、いまにも朽ち果てそうな長い和机があり、その上にさまざまな化学薬品が散乱してあった。和机の傍らには石膏《せっこう》でできた人間の右手や左手やらが、段ボール箱のなかに大量に放置されていた。

「七年前、仕事を失った加賀美は、この裏稼業に就職しよったようやな」

「シリコンで指紋を偽造して、裏世界の人間に売りさばいていたのね」

捜査員がふすまの奥に金庫を発見した。なかからは、裏稼業で荒稼ぎしたらしい現金数百万円と三つのピルケースが発見された。

私はピルケースの蓋を開け、中身をピンセットで取り出した。皮膚片のように見えるが、薄手のシリコンだ。電灯で透かして見ると、見事に指の指紋が浮き上がった。

傍らには英語表記がされた段ボール箱が二箱あり、なかには透明の化粧水のようなものがずらりと並んでいる。「glue」という文字が目についた。

「なんやそれは。海外の商品ぽいな」

「たぶん、指紋を接着するための専用接着剤じゃない？　ハリウッド仕込みの加賀美のことだから、米国から直で輸入してたのかも」

「じゃ、こっちは？」

下になっていたもうひと箱を開けた。こちらはボトルが大きめで、ピンク色の液体が入っている。蓋を開けるとかすかに香料のにおいがし、「remover」という表記があった。

「これは特殊メイク専用のメイク落としってところかしらね。シリコンの指紋と指紋をつける接着剤、リムーバーをセット販売していたんじゃないかな」

「こりゃ、警察に指紋取られた前科者相手にしよったら、ええ商売になるやろなぁ」

「加賀美がこの村に住みついたのは、すべてはこの指紋製造のためだったのね。この村の一般村民が火葬ではなく土葬で埋葬されるのを知って、遺体の指をくすねられるチャンスが豊富にあると思った」

「夜に人が出歩くような村ではないからな。誰がどこで死んだという情報を得て、埋葬されるのを待って、手首から先をくすねていくということなんやな」

「しかも、ここ何十年と刑事事件が起きていない平和な村よ。村民たちの指紋が警察に採取されてるようなこともないしね」

「うまい商売を考えおったもんやのう」

私と吾川は続いて、奥の和室二間を使った「南条リリス部屋」に入った。

長廊下へと出る障子はすべて破られ、代わりに南条リリスのグラビアポスターがところ狭しと貼られていた。

押し入れのふすまは取り外されていて、古い雑誌や新聞があふれんばかりに積み上げられていた。雑誌の表紙にはどれも「南条リリス」の文字。切ってスクラップするのが面倒だったのか、とにかく半ページでも南条リリスの記事が載っている雑誌であれば、買い集めていたようだ。

漆喰《しっくい》の壁一面には、ずらりとDVDが並べられていた。そしてそこにはきれいにタイトルシールが貼られている。すべて南条リリスの出演作品のようで、リリスの年齢と番組名がワープロ打ちで書かれていた。

中盤からそのコレクションは個人的なものになっていったようだった。リリスと結婚したころだろう。『リリス二十歳　婚前旅行 in タヒチ』『リリス二十歳　日常風景』『リリス二十一歳　新婚旅行 in フランス』とあった。

DVDの棚を見ていた私は、ふと下のほうにあった一枚のDVDに目がいった。すべてのDVDが厚く埃をかぶっているにもかかわらず、その一枚だけ、埃が取り払われていた。誰かが最近見たのだろうか。

背表紙のタイトルには、『リリス二十二歳　ブルーサファイアの恋・撮影風景』とある。

「なんのＤＶＤや？」

「今日の昼間、リリスの追悼特集でやっていた映画のメイキング映像みたい。ほら、有栖川と三角関係だった映画の現場よ。きっと撮影風景を自分でビデオに収めてたんだわ」

私はそう言って、ＤＶＤをデッキに挿入した。

楽屋風景が出てきた。リリスはヘアバンドにノーメイクでくつろいでいる。加賀美が回すカメラを見て、少しいやな顔をした。正直、リリスのファンでもない限り、どうでもいいような映像がだらだらと続く。

続けて、撮影風景に入った。

加賀美の前では高飛車だったリリスが一転、従順な仔リスのような目つきで、監督の有栖川から演技指導を受けている。画像がぶれ気味である。カメラを回す加賀美が二人の関係に気がついていて、動揺しているのかもしれない。

その後、すでに第一線から脱落してしまっている当時の若手俳優が姿を現わした。キスシーンの撮影風景のようだ。有栖川のかけ声とともにカチンコが鳴り、撮影が始まる。

ぴんと張り詰めた空気のなか、リリスと主演男優がキスをした。すぐに有栖川が「そうじゃないんだなぁ」と声を上げ、セットのなかに入る。演技指導はリリスではなく、男優のほうに入った。監督は男優の立ち位置に立つと、見本を見せると言わんばかりに、リリスに向き直った。そしてリリスの頬を優しくなでると——本当に、キスをした。

画面が激しくぶれる。加賀美が吐く嫉妬の鼻息が音声として残されていた。

「こんときまだリリスは加賀美の旦那やろ？　こらぁ不倫現場みたいなもんやな」

吾川が言う。

「リリスの表情を見ればすぐにわかるわね。有栖川に恋してること」

再び撮影が続行される。有栖川がかけ声を上げ、撮影用カメラの前でカチンコが鳴らされた。

私はそのカチンコを見て、あっと悲鳴を上げた。

「な、なんや、どうした⁉」

「いまの、巻き戻して！」

「え？」

「カチンコよ！　カチンコに書かれてる内容、見た⁉」

吾川は映像を巻き戻し、カチンコが画面に現われた場面で一時停止をした。

二人で画面を食い入るように見つめた。吾川は頭に手をやる。

「もしかして……これのことやったんか」

カチンコには『10・2』という日付と、スタジオ名とおぼしき『Ｇ８』という文字が書かれていた。

「〝１００２Ｇ８〟、遺体の口のなかにあったメモは、これだったのよ！」

「しかし、これがなんやと言うんや？　なんのためにこれを死体の口のなかに——」

私は思わず、口走った。

「初めてキスした日のことを、覚えていますか？——」

「……え？」

「有栖川はＣＭでこう、呼びかけたのよ。『初めてキスした日のことを、覚えていますか？』。そしてそれを見た南条リリスが答えたのよ。十月二日、Ｇ８スタジオで、初めてあなたとキスをした、と——」

分庁舎の取調室で、有栖川は件の映像を見て泣き崩れた。

「こんな映像が残っていたなんて——」

そして、映像のなかで恥じらいの表情を見せるリリスを指でなでながら、泣いた。

「リリス、リリス……お前はいったいいま、どこにいるんだ……！」

「やはり——気がついていたんですね？　柏木桃子と南条リリスが入れ替わっていたこと。そして、あの遺体が南条リリスのものではない、と」

「――たとえ顔が潰されていたとしても、愛した女を間違えるはずがない」

吾川がバカにしたように、鼻で笑った。

「詳しく聞かせろや。あんたも柏木桃子と結託しとったいうことか」

「違います！　……私は、だまされたようなものなんです」

有栖川はそう言って、小さくため息をつき、説明を始めた。

「焦っていたんです、私は――。この『ブルーサファイアの恋』を撮ったころ、ちょうど監督デビューを果たして十五年がたつころでした。デビュー作でいきなり新人監督賞を総なめし、私は将来を有望視されていた、ところが二作目で大失敗を――。興行的には大赤字で、三作目も泣かず飛ばず、四作目からはスポンサーがつかなくなり、非常に厳しい台所事情のなかで映画製作を続けることになりました。

『ブルーサファイア』はそんななか、三流の制作会社から低いギャラを提示されて引き受けた作品です。脚本もひどかった。こう言ってはなんだが、主演も子役時代の栄光にすがる落ちぶれた大根役者・南条リリスだった。金のためにと思ってしぶしぶやった仕事だったんです。

子役時代に絶大な人気を誇っていた南条リリスですから、きっと現場でも高飛車に振る舞うに違いないと思っていたのですが――たしかに、リリスはほかのスタッフに対してはそういうところもありましたが、私にだけはなぜかとても従順でした。演技は下手です。才能がないのです。打って響く子ではありませんでした。しかし、私だけに従順なあの瞳を見ていると——」

有栖川はそこで一度言葉を切った。自分がどう南条リリスへの思いを募らせたのか、うまく言葉が見つからない様子だ。

「見てくれは美人やからの。要は外見に惹かれたんやろ」

「違います！　そういう単純なものではない。なんというか……従順なのに、反逆的でもある。そういうところがリリスにはあって……」

「どうでもええから、先に話を進めてくれ。とにかくあんたはリリスを愛しとったんやろ？　せやのにリリスと柏木桃子を入れ替わらせたのはなんでや」

「入れ替わりを指示したのは私じゃない！　私だって最初はこんなことがあるものかと驚いて……」

「経緯を詳しく話してください」

有栖川は少し落ち着かない様子になって、話を続けた。

「『ブルーサファイアの恋』も興行的に失敗でしたが、私たちはあっという間に恋に落ち、そして加賀美との離婚が成立したのを待って彼女と入籍をしました。当時の私はデビュー作で受けた名誉にすがる落ちぶれた映画監督です。リリスもまた、子役時代の栄華にすがる、落ち目の女優でした。夫婦そろってこのままでいいはずがありません。私はリリスをいちから女優として育て直すつもりで、本当に厳しく演技指導をしました。リリスは必死に耐えていましたが、入籍して数カ月で夫婦の会話が少なくなってきたのはたしかでした。

そんなころ、苦心していた脚本がようやく完成しました。自信作でした。制作会社がそれを受けて、海外の映画賞への出品の道を模索してもいました。正直――リリスを主演にするのははばかられたのですが、もともとリリスの事務所からの出資があって成立した映画だったので、降板させるわけにはいきませんでした。

そして――忘れもしません。いまから七年前の、三月のことです。その日は初の本合わせ――キャストが勢ぞろいし、セリフを読み合うことで――それを行なった日でした。リリスは相変わらずです。私は厳しくリリスを叱咤《しった》しました。彼女の演技でこの期待作を潰されてはたまらないと私も必死だったので、感情のあまり、リリスに台本を投げつけてしまいました。するとリリスは部屋を出ていきました」

「……あんた、女房に暴力振るったんかいな」

「誤解しないでください。現場ではよくあることです」

「それで……どうなったんですか?」

「ひと晩じゅう連絡が取れずじまいでした。マネージャーはなかばあきれながらリリスを探しました。すねてひと晩どこかに身を隠すというのは、昔からよくあったわがままなようで……。たぶん、どこかの高級ホテルでくつろいでいるだろう、と。翌日も本合わせがありました。もしそれにリリスが姿を現わさなかったら、主演から降板させることも考えていました」

有栖川の眉間に、深いしわが刻まれた。

「そして翌日。本合わせの現場に、リリスは時間どおり姿を現わしました。私はひと目で、それが本人でないことがわかりました。リリスはただひと言、何が起こったのかわかりませんでした。リリスはただひと言、スタッフたちに昨日の非礼を詫びました。かつてのリリスにはなかったことなので、みな驚きました。リリスは続けてこう、高らかに宣言したんです。『私、生まれ変わりましたから』と」

私は思わず吾川と目を合わせた。

「その自信にあふれる瞳と、本物のリリスとはまた違う達観したようなオーラに、私は惹かれるものを感じました。ニセモノであるとはわかっていても、まず演技を見てみたいと思いました」

「そして、実際それは素晴らしかった？」

「最高でした。〝生まれ変わったリリス〟の演技は。……あの演技力を見せつけられた瞬間、全身が総毛立ちました。世界が反転したようにも感じました。そして同時に、あの才能を絶対に手放したくない、とも思いました」

「――だから黙っとったんか」

「このままいけば海外の映画賞で作品賞を獲れると私は確信した。事実、そうなった……」

「自分の作品のためなら、嫁をストーカーに誘拐されとってもええと、警察にも相談せずに放置したんか」

「誘拐だなんて、知らなかったんだ！　私は直接〝生まれ変わったリリス〟に問いただしました。妻はどこへ行ったのかと。彼女はただひと言、『加賀美さんと駆け落ちしました』と……。リリスが別人と入れ替わっていたことには、当時のマネージャーも気がついていました。でも、所属女優が元夫と駆け落ちなんて、事務所にとっては死活問題の大トラブルです。だからこそ穏便に済ませよう、となったんです」

「……穏便とはなんや」

「だってそれだけで済む話じゃないですか！　リリスは元夫と駆け落ちしてすべてを捨てて逃げた。私や事務所には新たな才能と未来が、〝生まれ変わったリリス〟によってもたらされた。彼女も彼女で、南条リリスのそっくりさんだったばかりにつらい人生を強いられて、ようやく表舞台に立つことができた。これでみんなが幸せになれる、と――」

「せやけどあんたは――」

「誰も困らないじゃないか！　逆に、真実を暴いてしまったら――みんなが困る」

吾川は納得できない様子で、深く大きなため息をついた。

「――そしてあなたは、件の作品で海外の映画賞を獲り、地位も名誉も金も手に入れた。それがどうして七年たったいまになって、あんなCMを作ったんですか？」

有栖川がうなだれ、つぶやいた。

「じつは七年という期間を、リリスが加賀美と駆け落ちしたと聞かされたその日から、一つの目安に考えていたんです」

私はそこでふと、北条リリスを作り上げた佐古の言葉を思い出した。

――失踪から七年たてば、法的には死亡宣告が可能になる……。

「七年たっても本物のリリスが戻ってこなかったら、彼女を私のなかで葬り去ろうと決めていたのです」

「……つまり？」

「愛し続けるのをやめる、ということです」

吾川がまた、鼻で笑った。

「前夫と駆け落ちした妻を、そしてその失踪を踏み台にして成功を手にしたあんたが、七年ものあいだ、妻を愛し続けていた言うんか」

有栖川ははっきり即答した。

「そうです」

「アホらし――きれいごとや」

私は吾川をたしなめ、有栖川に尋ねた。

「それで、リリスさんがいまどこにいて、どう過ごしているのか、探してみようという気になったんですか？」

「はい。――柏木桃子なら事情を知っていると思い、問いただしてみました。ひと目でいいからリリスに会えないかと……。桃子は笑いました。そして、加賀美によって顔を潰されてしまったから、彼女が表舞台に戻ってくることはまずないと――恐ろしいことを言ったんです」

有栖川の指先が、ぶるぶると震え出した。

「加賀美のやつ……！　あの脅迫どおり、美しいリリスの顔に硫酸をかけて大やけどを負わせたというんです。リリスは醜く成り果て、世間から隔離された場所で加賀美の庇護《ひご》のもと暮らしていると。あの顔では表舞台どころか、町を歩くことすら二度とかなわないだろう、と。そして、『私の地位は安泰だ』と、柏木桃子は言ったんだ……！」

有栖川は拳をデスクにたたきつけ、怒りをあらわにした。

「――こうなったらもう、自分でリリスを捜し出すしかないと思いました。加賀美がこの海天村に落ち延びたところまではわかりましたが、山だらけの広い村です。何度も足を運びましたし、加賀美の邸宅にも押しかけましたが、門前払いで見つけることはできませんでした。

そんなとき、この村に坂出コウという女性凶悪犯が実在していたことを、民宿の主人から聞きました。これは映画のネタになると思い、同時に、リリスを捜し出すチャンスだと思いました。映画撮影のためにここに数カ月滞在する。それはこの村内ではニュースになるはずです。加賀美によって拉致監禁されているリリスがそれを聞きつけ、逃げ出してくれないかと、淡い期待を抱きました。さらに――たとえリリスがどんな姿になっていようと、私は彼女を愛し受け入れると伝える必要がありました」

「だからあのCMを作ったんですね。クレジットカード会社の〝初めてキスした日のことを、覚えていますか？〟という――」

「そうです」

「あれは、身を隠しているリリスさんへのメッセージだった。そしてそのレスポンスが返ってきていること、あなたはご存じでしたか？」

有栖川の表情が、何かを必死にこらえるかのようになった。

「柏木桃子の口腔内から『１００２Ｇ８』と書かれたメモが発見されたことは、捜査員から聞きましたね」

「……はい」

「――だから、警察に言えなかったんですね。あの遺体が南条リリスではなく、柏木桃子だと。そして二人が入れ替わっていたことも、それが加賀美による誘拐だったことも――」

有栖川はぐっと口を結んで私を見ていたが、やがてその瞳から涙がこぼれた。

「――リリスが殺したんでしょうか」

「……」

「柏木桃子を殺したのは、リリスですよね。……私があんなCMを作ったばっかりに、彼女は罪を、犯してしまった……」

「それはまだ、捜査を進めてみないとわかりません。しかし、遺体の口腔内にメモを忍ばせたのは彼女で間違いないでしょう。一刻も早くこの村のどこかに潜伏している南条リリスさんを保護しなければなりません」

有栖川が勢い余って立ち上がったのを、吾川が押さえた。

「あとは警察の仕事や――」

「しかし、リリスはそれを望んでいない。警察に保護されることを、望んでいない。私が行かなくてはならないんだ。彼女は私しか受け入れられないはずだ……！」

興奮気味の有栖川を、吾川が強引に座らせる。「まあ、落ち着きや」

私は一つ咳払いしたあと、有栖川に尋ねた。

「有栖川さん。奥さんとは七年もの空白期間があったんですよね。そのあいだまったくの音信不通だったのに、どうしてそこまで彼女のことがわかるんですか？」

有栖川はしばらく考えたあと、言った。

「――また妻とやり直したいと、私自身が強く、願っているからだと思います」


加賀美の供述どおり、南条リリスが離れの屋根裏部屋から発見されたのは、それから一時間後のことだった。

リリスは薄汚れたストールのようなものを頭の上からすっぽりとかぶり、ケロイドとなった右側を隠した状態で、屋根裏部屋の隅で息をひそめていた。左目だけをストールの隙間から光らせ、リリスを保護するため屋根裏に登ってきた捜査員たちに向かい、金切り声を上げ、泣き叫んだという。

「夫を呼んで！　お願い、夫をここへ連れてきて！　あの人にしか、この顔を見せることはできないの……！」

美玲をはじめとする数人の女性刑事たちが説得にあたっても、リリスは一歩たりとも警察官を近づけようとはしなかった。強引にその腕を取ろうとした美玲の腕を伸びた爪で引っかき、そして屋根裏の梁《はり》に血がにじむほど指を食い込ませ、夫を呼べとわめ散らしたという。

私と吾川は有栖川を黄色のミニバンの助手席に乗せ、杉里地区の加賀美の自宅へと向かった。

私たち警察が離れの一階から天井を見上げるなか、有栖川は梯子《はしご》がかけられた屋根裏部屋へ一人、よじ登った。やがてリリスが泣き崩れる声が、古びた家具で埋め尽くされた離れのなかにこだました。

しばらくして有栖川が、想像以上に痩せこけたリリスを、大事に守るように包み込みながら、屋根裏から下りてきた。

リリスは硫酸によって崩れた右側の顔を有栖川の胸に押しつけるようにして隠し、捕獲された小動物のように、落ち着きなく周囲をうかがった。

その右手は有栖川の左手を、食い込むように強く握り締めていた。

こうして、南条リリスは有栖川の庇護のもと、前夫・加賀美勇作による誘拐拉致事件の被害者として保護された。

しかしそのあとすぐ、加賀美宅の裏山を捜索していた奈良県警捜査員から新たな知らせがもたらされた。

「裏山の獣道近くに、大きな熊穴がありまして。そこから、南条――いや、柏木桃子が失踪当日に身に着けていたと思われる着衣と、血痕が付着した拳大の石を発見いたしました。同時に、手首だけの人骨もいくつか――」

手首だけの人骨は、指紋製造をしていた加賀美が遺棄したものだろう。しかし柏木桃子の衣服については、リリスへ疑いの目が向けられた。

鑑識課員がその場でリリスの指紋を取り、血痕が付着した石の指紋と照合する。その間、リリスはなかば呆然とした様子で救急車の搬入口に腰かけ、隣で自分を抱き締める有栖川に身を寄せていた。

二人はときおり目を合わせる程度で、会話らしい会話をしているようには見えない。リリスは醜く成り果てた顔の右半分を有栖川の首元にくっつけ、有栖川はリリスの顔の右側すべてを隠すように自分の頬を押しつけ――二人は石膏が固まったかのように動かなかった。

ようやく一緒になれたということを実感すべく、必死に、互いの体じゅうの細胞の一つ一つに再会の喜びを伝えようとしているように見えた。

ルーペをのぞいて指紋を見比べていた鑑識課員が、叫んだ。

「指紋、一致しました！」

南条リリスはその場で、死体損壊遺棄容疑で逮捕された。

七年の空白を越えてようやく結びついたひと組の夫婦が、死に物狂いでつないでいた手が、今度は警察の手によって引き裂かれた。

リリスは五條市にある総合病院に送られ、体になんらかの怪我や疾病を抱えていないか、検査入院することになった。しかしとくに大きな異常は見当たらず、午後から病室で取り調べが始まった。

リリスが拉致され、海天村まで連れてこられた経緯などは、加賀美の証言と一致した。

七年前、新作映画の本合わせで、夫の有栖川から激しい叱責を受けたリリスは現場を飛び出し、家出をするつもりで自宅へ帰って荷物をまとめていた。そこへ、加賀美がリリスを訪ねてきたのだ。硫酸を隠し持って――。

監禁されているあいだ、リリスはおもに加賀美宅の母屋で生活し、加賀美を訪ねてくる人――指紋を買いにやってきた裏稼業の人間たち――がいるときだけ、離れに移されたという。加賀美が客と取引をしているあいだ、リリスは離れで一人おとなしくしていたそうだ。

逃げ出すチャンスはいくらでもあったはずだが――。

リリスを追い詰めていたのは、母屋や離れに無数にかけられた鏡だった。母屋には四十五個、離れには二十個もの鏡が、家屋のいたるところにかけられていた。

「私は見たくなくても、毎日、自分の醜くなった顔を見なくてはなりませんでした。加賀美は、私はあまりに醜いと、声を上げて笑いました。逃げ出そうとしたら、きれいに残っている左側も同じように硫酸で溶かしてやると脅されて——」

テレビを見ることは加賀美によって禁止されていた。柏木桃子が南条リリスに成り代わって活躍していることをリリスに知られ、刺激を与えたくなかったのだろう。

有栖川がこの村で映画撮影に臨むことをリリスが知ったのは、今年の三月ごろのことだという。ポストに投函されていた村の広報誌にその旨が掲載されていた。

「しかも、主演に私の名前があって……。いったいどうなってるのかと、大混乱に陥りました。この広報誌を見て初めて、私のニセモノが存在することを知ったんです」

リリスは加賀美が食料品などの買い出しに出ているあいだ、こっそりテレビを見るようになった。

そして、自分と顔がそっくりのニセモノが、いつの間にか最優秀主演女優賞などを獲り、女優としての名誉を欲しいままにしていることを、さらに、有栖川が初めてCMを制作したことを知った。

〝初めてキスした日のことを、覚えていますか？〟

「あれを初めて見たとき、涙があふれてきました。そして、もしかしたらこれは夫から私に向けたメッセージじゃないかと思うようになったんです」

そのしばらくあとだったという。

加賀美が裏山の熊穴へ、コピーし終えて不要になった遺体の右手首を遺棄しに行った。そして戻ってきた加賀美が、深刻な顔でリリスに問いただした。「お前、北条リリスを殺したのか?」と――。

リリスはもちろん、北条リリスが誰なのか知らない。しかし、名前からしてぴんと来るものがあったという。リリスは加賀美とともに、遺体を見に行った。

「驚きました。本当に遺体があったので、すぐに警察を呼ばないと、と思いましたが、よく見たらその遺体が自分とそっくりで。そしてそれが、ニセモノに成り済まして私を演じていた女だと、すぐにわかりました。どこの誰だか知りませんが、とにかく、いまの私より美しいことに腹が立ちました――」

そしてリリスは思わず、自分に成り代わった女の顔を、その場にあった石で潰してしまった。加賀美が止めるのも聞かずに――。

「きっとこの女も私の監禁に関わっているに違いないと思うと――私の代わりに脚光を浴びている、いやそれ以上に、光さんの妻を演じて夫婦として一緒にいるのだと思うと、嫉妬で頭が狂いそうになりました。とにかく私は、女の顔を潰し続けました」

加賀美は、このままでは自分が疑われると思ったのだろう。事実この熊穴は、指紋のコピーをしていらなくなった手首の遺棄場所として、加賀美が長らく使用していたのだ。遺体が見つかってしまったら、自分の犯罪も露見する。

「加賀美は遺体を、河原に立つ慰霊碑の前に遺棄すると言いました。彼女が映画のなかで演じるはずだった坂出コウという女性の慰霊碑だから、きっと警察が深読みして捜査が混乱するだろう、と。私は加賀美を手伝って、車を使って慰霊碑へ遺体を運びました。遺体を運びながら、夫はこの遺体を私だと思い込んで涙するのだろうかと考えました。そのとき、思い出したんです」

――〝初めてキスした日のことを、覚えていますか？〟

「これはチャンスだと思いました。この女は、私の大切な夫の妻に成り済ましていました。ならば夫は警察に呼ばれるはずです。警察を通して夫に、なんとかメッセージを残せないかと思ったんです。それで、車内にあったメモ帳を破いて、『１００２Ｇ８』と書き記して、遺体の口のなかにそれを詰め込みました。なんとか夫だけにわかるかたちで、私が生きていることを伝えたかった。そして助けに来てほしかった」

しかし有栖川が迎えに来ることはなく、一日たち、二日たち――。

「もしかしたらすぐそこまで来てくれているかもしれない。そう気が焦ってしまって、ある日私は、仏納川の慰霊碑へ様子を見に行ってしまったんです」

そこで、ランニングにやってきた海天高校陸上部の生徒たちに姿を目撃されてしまったのだろう。

そして、リリスの一度目の聴取を終えた日の夜――。

帳場の捜査員たちを大きく落胆させる物証が、鑑識課によってもたらされた。

柏木桃子の頸部《けいぶ》に残っていた絞殺痕の手形が、リリスとも加賀美とも一致しなかったのだ。

つまり、庄原巡査の遺体を損壊した犯人と、柏木桃子の遺体を損壊して慰霊碑の前に遺棄した犯人がわかっただけで、桃子を殺害したホンボシはわからずじまいだったのだ。

とくに櫛田の誘拐事件から捜査を担当していた美玲ら一行の消耗具合は激しかった。そこへ、達也率いる警視庁公安部公安一課が、リクルーターに指紋を売った加賀美の身柄を警視庁に移送するため、大挙して海天村に押し寄せた。美玲が激しく抗議したのは言うまでもない。

「いまだ送検すら済んでへんのに、身柄移送なんておかしなこと言わんといてくれますか」

「おかしいのはあなたがただ。加賀美はいまのところ、背望会リクルーターと接触があった唯一の人物だ。我々にとって非常に重要な人物なんだ」

「その前に、加賀美は南条リリス拉致監禁事件の容疑者であり、庄原巡査遺体損壊事件の容疑者や！　なんでこの時期に警視庁さんに身柄を移さなあかんの？　アホちゃう⁉」

「そもそも、逮捕から一日以上経過しているというのに、リクルーターに関する情報がまったく下りてこないのは、いったいどういうことなんだ？　リクルーターは警察の拳銃を所持して逃走中だ。こちらは一刻を争う事態なんだぞ⁉」

「加賀美は口を割らへんで。リクルーターによっぽど強く脅されたんちゃう？　去年の背望会テロに警察官が関わっておったことを言うてな、万が一リクルーターのことをしゃべりよったら、警察官が自分を口封じのために殺すと思い込んどんねや」

「加賀美がゲロらないのは、おたくらの取り調べが下手くそだからだ！」

「とにかく、いまはこちらの聴取が優先や！　遠路はるばる東京からご足労願いまして恐縮ですが、ちょうど元婚約者のハラマキ巡査部長もおるさかい、二人で仲良く吊り橋観光にでも行ってきたらどうや」

「あんた、いい加減にしろよ！　人のプライベートをつつき回している暇があったら仕事しろ！　そもそも二言目には麻希のことを口に出して攻撃をしてくるのは、麻希に激しく嫉妬しているからだろ。あんた、三カ月前に離婚したんだってな。しかも元夫はついこないだ、自分よりも十も若い女と再婚した」

それを聞いた美玲の口角が、ぴくぴくと痙攣《けいれん》し始めた。追い打ちをかけるように達也が糾弾する。

「あんたは家庭と刑事を両立させている麻希が、うらやましくてたまらないんだ。そうやって自分の嫉妬心をチマチマ別の刑事にぶつけるような方法でしか捜査ができないから、加賀美から供述を引き出せないんだ！」

美玲がとうとう手元にあったコップの麦茶を、達也の顔面にぶちまけた。

私と吾川は海天村役場の駐車場にある自動販売機前のベンチに座り、村の主婦たちが差し入れしてくれたおにぎりをもぐもぐと食べていた。

「達也もバカよね。東京と奈良を行ったり来たりしてるあいだに、嵯峨美玲のプライベート調べてたなんて」

「郷に入っては郷に従え、やろ。嵯峨美玲の弱みを握っておかんと、捜査しにくくなる思うたんやろな」

「結局この帳場、最初から最後まで協調性ゼロだったわよね」

「捜査も大詰めやいうのに、いまだにホンボシがあがらんのやから、みな苛立っとんのや」

「櫛田の誘拐事件のことも、リリスの事件がある程度わかったら何か出てくるかと思ったけど、何一つわからないしね。捜査はどん詰まり、振り出しに戻ったっていうこと？」

吾川は「そういうことや」とごくりとおにぎりを飲み下し、深くため息をついた。

「さあ、どうする？　警視庁女秘匿捜査官・原麻希巡査部長」

私は両手や口の周りをご飯の粒でべたべたにしながら、言った。

「――振り出しに戻ってしまったのなら、振り出しに戻るしかないんじゃない？」

「……そんなな、子供みたいに飯べったべたにした状態で言うても説得力ないで、ハラマキちゃん」

「そもそもの事件の発端はなんだったっけ？」

「――柏木桃子の遺体が、仏納川のほとりで……」

「違う違う。櫛田の誘拐テロ事件でしょ」

「――せやかて、櫛田の遺体はようとして見つからんし、犯人からの接触はあれからないし、奈良市内で捜査員があれだけ動いとるのに、なんの進展もないんやで」

「そういえば、櫛田が拉致誘拐された現場って、この村にあるのよね」

「そうや。下野地地区にある」

「いまから行ってみようか」

「だから、そこかて、もうこれまで何人もの捜査員が調べたあとやで」

「でも私たちはまだ見てない」

吾川はふうとため息をつくと、「せやったな、相棒」とにやりと笑い、ポケットから愛車の鍵を出して立ち上がった。

チャプター6　民宿かねまる拳銃立てこもり事件

吾川が櫛田の別荘に向けて運転する車の助手席で、私は帳場から拝借したノートパソコンを開き、誘拐事件のおさらいをした。

須崎県知事宛てに届いた脅迫メール、櫛田を巡る人間関係、脅迫メールに添付されていた櫛田のうめき声が入った音声ファイル、それから、櫛田のホームページからダウンロードした立候補表明演説を再度、見直した。櫛田が別荘で紫色のガウンを着てカウチに座りながら行なっていた、あの演説だ。

そうこうしているうちに、海天村の一大観光地である下野地地区に到着した。すでに夜十時を過ぎているからだろう。周辺のレストランや土産物屋はすべてシャッターが下りていて、まったく人気《ひとけ》がなかった。

櫛田の別荘は、仏納川にかかる山瀬の吊り橋を渡った先の山の斜面にある。そのため、吊り橋を渡らずに道路で別荘地へ行くとなると、かなり遠回りになる。

吾川と私は車を近くの公営駐車場に停め、吊り橋の入り口へ向かったが、そこは鎖で閉鎖されていた。

「あれ？　通れないみたいよ」

「ああ、ここは安全のために八時で通行を禁止しとるんや」

「そんなあ。じゃあ、国道を回っていかなきゃならないの？」

「平気や。こんな鎖、またげば通れる。この吊り橋は村の観光の目玉やけど、もとは反対側の集落に住む人間のために作られた生活道路や。村人は夜中やろうが台風の日やろうが、平気な顔して鎖くぐって渡りよる」

吾川はそう言って、鎖をまたいだ。

「だったらわざわざ閉鎖しなくてもいいのに」

「素人が真っ暗な深夜に渡るには、危なすぎるんや。その昔、ここが観光地化されたころに、遊び半分で真夜中に吊り橋を渡ろうとしたよそ者が相次いで谷底に落っこちる事故があってな。それから、一般向けには夜の通行を禁止することになったんや」

「……ちなみにその落っこちた人たちって」

「五十メートル下の河原はごっつい岩がごろごろしとるからの。二人は脳天が割れて即死、一人は仏納川の下流でぶくぶくの水死体で見つかったわ」

それを聞いた私は、思わず足がすくんだ。おそるおそる鎖をまたごうとしたら、後方からランニングシャツにゴマ塩頭の初老の男性が声をかけてきた。

「おうい、八時過ぎたら渡れんのやで。また明日にしたらええがな」

吾川が振り返り、警察手帳を掲げながら言った。

「警察や！　ついでに、俺は谷平の吾川んとこの息子やで」

言われてランニングシャツ姿の男性は肩をすくめた。

「なんや、順次郎か。心配して損したわ」

「損するほどのことやないやろが」

「連れのお嬢さんは誰や。嫁はんもらい直したんか」

「ちゃう！　相棒や」

私は軽く頭を下げ、よっこいしょと鎖をまたぐ。

「今度二人でうちに泊まりに来いよ。宿泊料金値上げしとくわ」

吾川は乱暴に「行くか、ボケ」と言って、笑った。

「――楽しそうなおじさんね」

「あのおっちゃん、このすぐ近所で民宿やっとんのやけど、コレにがめつくて嫌われとるんや」

吾川はそう言い、親指と人差し指でお金のマークを作る。

「だから、丸山《まるやま》ちゅう苗字なんやけど、民宿の名前は『かねまる』や。さ、行こか」

吾川が先を歩き出す。

私も一歩前に出ようとしたが、真っ暗ななか、揺れる吊り橋を前に足が進まない。すると暗闇から吾川の手がにょきっと伸びてきて、私の右手を取った。

「手、離すなよ。落っこちるからな」

私は熊のように大きい吾川の手に必死にしがみついて、ゆっくりと、なんとか吊り橋を渡り切った。

吊り橋を渡って五分ほど歩いたところに、櫛田が所有する別荘があった。

ログハウスふうの真新しい造りで、玄関は山側へ回ったところにあり、仏納川を望む南側に広くせり出したバルコニーがある。

すでに警察の封鎖は解かれていた。別荘の管理事務所で鍵を借りてなかに入ろうと思ったら、バルコニーの窓から明かりがこうこうと漏れていることに気づいた。

「……誰かおるな。犯人か⁉」

とっさに吾川は、別荘の手前にあった大木に身を隠す。

「櫛田の奥さんかもよ。何か取りに来たのかもしれないし」

バルコニーへと続く南側の窓は施錠されているようだったが、カーテンは開けられたままだ。窓の外は谷間なので、外からのぞく者はいないと思ったのかもしれない。

私たちはバルコニーの梁に体を隠しながら、そっとなかの様子をうかがった。居間には居心地よさそうなカウチが見えた。

あのカウチ――櫛田が立候補表明演説をした動画に映っていたカウチである。傍らのガラステーブルの上にはワインボトルと、赤ワインの入った高級そうなワイングラスが一つ、置かれてあった。

するとダイニングからふいに、人が現われた。

男は紫色のガウンを羽織り、悠然とカウチに座ると、慣れた手つきでワイングラスを持ってひと口すすった。あのガウンも、櫛田が立候補表明演説をした際に着ていたものだ。

男はいつかの櫛田とまったく同じ格好で――まるでこの別荘も、そして備品も、すべてがもともと自分のものだったかのような仕草で、カウチに座ってワインを飲み、書類に目を通していた。

男は櫛田の秘書・香取昭雄だった。

以前、須崎八太郎奈良県知事の公邸で見かけた、あの実直で忠実な政治家の秘書という様子はどこにも見られない。いや、櫛田に成り切っていると言ったほうがいいのか――。

吾川が私を振り返った。

「――どうする。つついてみるか」

「そうね。たたけばかなり埃が出そうな雰囲気よ」

私と吾川は玄関口へ回り、インターホンを押した。

玄関の扉を開けた香取は、すぐに着替えたようで、スウェットの上下に眼鏡をかけた姿だった。刑事がこんな時間に押しかけてきたことに、困惑した様子を見せている。

私たちはカウチがあるリビングルームに通された。ワインはすでに片づけられている。

「──香取さん、いつからこちらに？」

「身代金の受け渡しがあったあとも、しばらく奈良市内で県警に通い詰めていたんですが、捜査になんの進展もないので、結局ここへ戻ってきました」

「でもここはあなたの別荘ではなくて、櫛田氏の別荘ですよね」

「じつは、これを集めようと思いまして」

香取は、先ほど櫛田に成り切った格好でめくっていた書類を、私たちに手渡した。

「──奈良県知事選投票日延期の嘆願書？」

「はい。現在、奈良県知事選は櫛田の誘拐事件を受けて、須崎県知事をはじめとする五名の候補者たちが、選挙活動を自粛している状態です。こんな状態で投票日を迎えたとしても、県民にとって有意義な結果は出ないと思ったんです」

香取は標準語でそう答える。

「それで、延期の嘆願書を？」

「はい。櫛田の地元である海天村の有権者から署名を集めようと思いまして。それで、この村に一度戻ってきました。ついでに後援会の資料なんかも必要でしたので」

ふと部屋を見渡すと、先ほどまで香取が着ていた紫色のガウンがカウチにかかっていた。そのカウチの先の南側の窓からは、真っ暗な空に満天の星が広がっているのが見える。

私の視線を追って、香取が言った。

「星、よく見えますでしょう」

「ええ――」

「櫛田もよくこのカウチに座って、ワイン片手に星空を眺めていました。……この美しい星空と故郷を守るために、自分は何ができるのかと、夜更けまでよく私と討論をしたものです」

私は遠い目をする香取に向かって、言った。

「――あなたは、奈良県知事選が延期された際には、櫛田氏の後継者として立候補されるおつもりなんですね？」

すると香取は私の言葉に少し面食らった様子で、苦笑いを浮かべた。

「な、なんですか、藪《やぶ》から棒に――」

「それで選挙準備のために、後援会の資料などが必要だったんですよね。そしてあたかも自分が櫛田に成り代わったつもりでこのガウンを羽織って、カウチに座って、ワインを飲んで――」

香取が取り繕うように一瞬だけ笑い、答えた。

「――あなた、何がおっしゃりたいんですか。そもそも、あなたは警視庁の刑事でしたよね。身代金の運び人としての役割も果たせず、管轄外のあなたがいまさらいったいここで何を」

「あなたを逮捕しに来たんですよ、香取さん」

隣の吾川が私の発言に慌てて、ひそひそ声で話しかけてくる。

「なっ、は、ハラマキちゃん、あんたいったい何を言うてんねや⁉」

私は同じくひそひそ声で答えた。

「だって、いま、あの人が犯人だってわかっちゃったんだもん。吾川さん、パソコン持ってきてよ。車のなかに置いてあるから」

「せやかて、俺はなんも聞いてへんのに――」

香取は私たちを白けた様子で見下ろしている。そして少し余裕のある表情を見せると、こう言った。

「パソコンが必要なら、お貸ししますけど?」

「それはありがたいです。それじゃあパソコンで櫛田さんのホームページを見せていただきたいのですが」

香取がノートパソコンを持ってきて、言われたとおりに櫛田のホームページを開いた。

「動画ありますよね。県知事選立候補演説の。それ、流してもらえますか？」

「お安いご用です」

動画が始まった。櫛田が紫色のガウン姿で現われ、カウチに座る——。

「ストップ！」

私のその声に、香取は怪訝《けげん》な表情のまま動画の一時停止ボタンを押した。

「香取さん。先日、須崎県知事公邸でお会いしたとき、この動画は県知事選の直前に撮影したものだと言いましたよね？」

「ええ、言いました」

「間違いないですね？　正確な日付は？」

「……それは、正直、曖昧ですが」

「季節で答えていただいてけっこうですよ。冬？　春？　夏？」

「——バカにしてらっしゃる。選挙戦の告示は五月に入ってからですから、撮影したのは五月初旬です」

私はパソコンをカウチの場所まで運ぶ。そして、あらためて南側の窓を指差した。

そこには変わらず満天の星が輝いている。

「吾川さん。いま、この窓からはなんの星座が見える？　星座に詳しいんでしょ？

だからトイレでの合言葉も夏の星座だった」

吾川は戸惑いつつも、窓の外を見た。

「ここは南向きの窓やから……ああ、あれは土星や。いちばん明るい、赤い星。そして
その隣が乙女座のスピカやな」

「それじゃ、今度はこの動画を見て」

私は動画のなかの、櫛田の後方に見える窓を指差した。カーテンが半分ほどひかれているが、星空はきちんと映っている。

香取は私の意図にようやく気がついたのだろう。ごくりと唾を飲み下したのがわかった。

吾川はパソコンの画面に顔を近づけ、慎重に答える。

「──ここに映っとるんは、冬の星座やで。この明るい星は、ベテルギウスや。冬の大三角形の一つで、オリオン座の一部。そのすぐ下に、オリオン座の三つ並びの星が見えとるから間違いない」

私は香取に向き直った。

「――あなたいま、この動画、五月の初旬に撮影したって言いましたよね」

香取は憮然《ぶぜん》とした様子で、私を見下ろす。

「それなのに、どうして星空に冬の大三角形やら冬にしか見られないオリオン座が映ってるんでしょう？」

香取はいっさいの動揺を見せず、いきなりぽんと手を打つと、とぼけて見せた。

「ああそうだ。たしかその動画、今年の二月に撮影したんでした。いろいろあったのですっかり忘れてしまっていたけれど――ああそう、たしかに二月でした」

「どうして五月の選挙の立候補演説を二月に撮ったんですか？　普通、直前に撮りますよね？」

「べつに、いつこれを撮影しようが、それは櫛田の勝手でしょう」

「この動画、練習用だったんじゃないですか？」

「……」

「練習用に撮ったものだから、櫛田はガウン姿であんなにリラックスしてたんです。ではなぜ、練習用のものをホームページにアップしたのか？」

「……」

「立候補表明演説を、もう二度と撮影できなくなったから、でしょ？　つまり、二月にこれを撮影したすぐあとに、櫛田は死んだ。そもそも誘拐事件が起こったときにはもう、とっくに櫛田は死んでいたんです」

香取の喉仏がせわしなく上下する。私は畳みかけるように続けた。

「あなた、南条リリスがじつはニセモノだってこと、知ってたんじゃないですか？」

吾川が驚いた様子でこちらを向く。

「は、ハラマキちゃん……⁉」

「……」

「長年憧れ続けていた人間に成り代わって大成功したニセモノの南条リリスの話を聞いて、あなたは自分にもそれが可能かもしれないと思った」

「……」

「両親を失って櫛田家に引き取られたあなたは、いつまでたっても櫛田の弟子でしかいられない自分に苛立っていたんじゃないですか？　それは、柏木桃子の苛立ちとも一致する。実力は南条リリスよりも上なのに、顔がよく似たリリスが子役として先に大成してしまったばっかりに、自分はその後ろを歩くことしかできない苛立ち。そしてあなたは、柏木桃子が南条リリスとして成功したのを目の当たりにして——自分もそれを、実行したくなった」

香取がおもむろに向き直る。

「それで私が、背望会を抱き込んで誘拐事件を演出したとでも言うんですか？　それとも私が櫛田を殺したとでも？」

「いいえ――たぶん、あなたは彼を殺してはいない」

香取はうんざりしたように首をすくめ、吾川に言った。

「吾川さん。彼女をなんとかしてください。いったい何が言いたいのか僕にはさっぱり……。そもそも原さん、あなたの推論に、何か証拠となりうるようなものがあるのでしょうか？　あるならそれをいますぐ提示していただきたい」

吾川は困った様子で私の肩を引き寄せる。

「――ハラマキちゃん、ちょっと勇み足ちゃうか。一度撤収したほうが」

私は吾川を無視して、香取に向かって言った。

「わかった。証拠を見せてあげる」

「……」

「櫛田の遺体をこれから掘り起こします。香取さん、あなたも一緒に来てください」


午後十一時。

海天村はすっぽりと暗闇に包まれ、カエルの大合唱が響き渡っている。

私と吾川は、私が海天村で最初に訪れた外野地区に来ていた。

そこは庄原家の駐在所がある集落だ。高台には集落を見下ろす墓地がある。

私の通報で、集落には覆面パトカーや鑑識課のワゴンが集まってきていた。

「っていうかハラマキちゃん、ほんまにここに櫛田の遺体があるんかいな」

吾川が不安げな様子で私に問う。

「――の、はず」

「もしなかったら一大事やで。そもそもここに遺体が埋められとるとわかっとったんなら、どうしてもっと早く――」

「しょうがないじゃない。香取を問い詰めているうちにバラバラだった情報がつながってっちゃって、遺体の場所もわかっちゃったのよ」

香取は落ち着いた表情で、櫛田家の墓地に手を合わせている。

墓地は獣道を上がったところにあるので、一般車両は入ってくることはできない。そのため、照明器具やスコップなどの道具を担いだ鑑識課員が、幅一メートルもない獣道をぞくぞくと歩いて上がってくる。

美玲が乗る覆面パトカーが到着したのが見えた。無表情で、相変わらずの巨乳を揺らしながら、墓地へと続く獣道を上がってくる。

私は奈良県警の鑑識課から借りた、県警専用の上下の雨合羽を羽織った。長靴に履き替え、合羽の裾を長靴のなかにねじ込む。髪は束ねて、「ＮＰＤ」のロゴが入った帽子をしっかりかぶった。

そしてスコップを手に持ったところで、美玲の厳しい声が背後から届いた。

「ちょっと待ちなさい！　墓を勝手に暴くのはまずいやろ。関係者からの許可か令状を待たんと――」

「せやかて、櫛田には妻も子供もおらんのやろ。親はもう死んどる言うし」

吾川があいだに入ってなだめる。

「妻とはまだ調停中であって、正式な離婚は成立しとらん。誰かしらの了解を取らんと、万が一のことがあったら証拠能力を失うで！」

櫛田の墓の前にいた香取も加勢した。

「正論ですね。原さん、あなたさっきから無茶なことばかり言ってますけど――」

「大丈夫です」

私はスコップを持って、櫛田家の墓前を素通りした。

「櫛田さんの遺体はお墓の下じゃなくて、あっちです」

私が指差したのは、古くなった墓の供え物が捨てられている空き地だった。いつかの仏花が打ち捨てられたまま、茶色く腐っている。

美玲が肩透かしを食らった顔をして、「どういうことや」と首をかしげる。

「庄原巡査の遺体を確認するために、私は三日前にこの墓地に入りました。そしてそのときからずっと気になっていたんです」

私はその、腐った仏花の周囲を指差した。

「わかりますか？　ここは周囲の木を伐採してあるので、昼間でも非常に日当たりがいいはずなんです。だから、雑草もこんなに伸びている。ところがです。鑑識さん、ライト、当ててもらえますか」

奈良県警の鑑識課員が自家発電のスイッチを入れ、人の顔よりもひと回りくらい大きいライトで、私が指差した辺りを照らした。美玲がのぞき込んで、眉をひそめる。

「どういうことや。なんでここだけ草がまばらなん？」

そう――仏花の周囲だけ、草がまばらなのだ。

「でしょう？　私も初めて見たときから、ここだけぽっかり草が生えていないことを不思議に思っていたんです。周囲と同じ種類の雑草がぽつぽつと生えてますけど、すごく成長が悪くて、私のくるぶしくらいしか丈がありません。日当たりはいいし、土の質も違うようには見えないのに、です」

吾川が一緒になってそこをのぞき込み、つぶやいた。

「なんかその、草が生えとらん部分――人の形っぽくないか？」

「そう。これが頭で、あとは胴体、先の細くなっているほうは足――」

美玲が笑いながら言う。

「まさか、死体がここに埋まってる言うんか？　それなら死体の栄養分を吸って、草はよう生えるはずや」

「その死体がビニールシートで覆われていたらどうなると思いますか？　香取さん」

私はそう言い、黙って様子を見守っていた香取を振り返った。香取は青ざめ、下顎をガクガクと揺らしている。

「もし毛布とか布製のもので遺体をくるんでいたら、布は水分や養分を通します。そのうえ、遺体の腐敗が始まればそれが栄養分になるので、その部分だけ草木の成長が早くなる。しかしここは草木の成長が悪い。ということは、養分を通さないようなものがここに埋まっている、ということなんです」

そこで吾川がぽんと手をたたいて、言った。

「たしか、最後の脅迫メールに――」

「そう。櫛田の遺体はビニールシートにくるんで海天村に埋めた、と記述がありましたよね。わざわざビニールシートにくるんだと記すところに、犯人の意図があったんです。いずれここに埋まっている遺体を見つけてやることを見越してのことだったんでしょう。ね？　香取さん」

私はスコップの先を、雑草のまばらなその場所へ掘り入れた。

同時に香取が地面の上にくずおれ、つぶやいた。

「……もういい。私の負けだ……」

香取は地面に生えている雑草をつかんでは抜き、初めて故郷の言葉でしゃべり始めた。

「櫛田のやつ……これから県政に打って出るという大事なときに……あんな無様な格好で死によってからに……。秘書として残された俺にも……いずれは櫛田のもとを巣だって一人の政治家として自立しようとしていた俺の経歴にもどれだけの傷がつくか、あいつはわかってへんかった。パフォーマンスや快楽ばかり追求しよって……！」

「……どういうことや」

吾川がつぶやく。私は香取の代わりに答えた。

「自己発情窒息ですよ」

捜査員たちが不思議そうな様子で互いに顔を見合わせた。私は続ける。

「ずっと気になっていたんです。有栖川と櫛田に共通する、首絞めＤＶ疑惑」

吾川はぽかんとしたまま、美玲は記憶をたどるようにこめかみに手を置く。

「しかし、有栖川と南条リリス――つまり、柏木桃子ですね。この二人には結婚生活、要は性生活がなかったと見るのが自然です。すると、生前の柏木桃子の首に残っていた首絞めのあざは、誰がつけたのか？　櫛田じゃないでしょうか」

「――櫛田は性行為の最中に首を絞めるのが大好きな、きしょいやつやったんや」

香取が答えた。

「〝自己発情窒息〟とは、海外でよく報告されている男性特有の性癖です。性行為の頂点に達する直前、窒息状態に陥ると快感が通常の数倍にも及ぶというもので、一度はまるとやめられなくなり、自身の首を、たとえば電気コードなどで絞めながら自慰行為を行なうようになります。ドアノブにタオルなどをかけた状態で、体重をかけて首を絞めながら行為に及ぶ場合も多いです。しかしこれはたいへん危険な行為です。窒息する直前でタオルを外すといっても、酸欠状態だとその判断が正常に効かなくなるので、そのまま死に至ってしまうことが多い――つまり、手にペニスを握って射精した状態で窒息死するケースが、非常に多いんです」

ライトを持っていた大阪府警の鑑識課員が言った。

「私も一度、そんな死体を見たことがありますわ。自己発情窒息による事故死と断定されたのやけど、家族はそんなもの公表できるはずがない。だから自殺とかにしてしまうんや」

「そうなんです。この死因が米国に比べて日本であまり報告されないのは、遺族がその事実を恥じて完全に隠してしまうからでしょうね。

そしてまた櫛田は、自分が首を絞められて気持ちがいいから相手もそうだろうと思い込み、妻や柏木桃子にも同じことをしていた。だから、二人の頸部にはあざが残っていたんです」

美玲がつぶやく。

「そうなると——誘拐事件の脅迫メールに添付で届いた音声ファイルも説明がつくな」

「そうです。あれは、櫛田が自身の性行為を録画したものの音声だったんじゃないかと思うんです。柏木桃子に首を絞めてもらいながら、行為に及んでいた。だからああいう苦しそうな声を上げげた。直後に入っていたのは桃子の笑い声だと思います」

香取が泣き笑いのような表情で言う。

「櫛田のやつの性癖だけは、俺一人の手ではどうしようもでけへんかった。性行為の最中に相手の女性の首を絞める、その行為を録画して残しておく——しまいには、あの別荘でドアノブにネクタイを引っかけて自分の首を絞めながら、下半身露出させてペニスを握ったまま死んでまうなんて……！　あれを発見したときの俺の気持ち、わかるか⁉　兄弟みたいに一緒に育った男のあんな無様な死体、見とうなかった。しかも俺の未来まで——」

吾川が突き放すように尋ねた。

「しかし事故死やったんなら——遺体にパンツはかせて警察に通報すればよかっただけの話やんか。それをどうしてわざわざ背望会の誘拐事件に仕立て上げたんや」

「——柏木桃子が口出ししてきたんじゃないですか？」

私の言葉に、香取がうなずいた。

「俺はあのとき、櫛田の遺体に必死にパンツをはかせようとしていた。……笑えるやろ。政治家の秘書はなんだってするんや、センセのためならば。ちょうどそのとき、柏木桃子が別荘に来てしもて……。そして俺に、悪魔のささやきをした。そんな小細工、警察にばれる、と。やがて櫛田の死因はマスコミに流布されて、俺がこれから開拓していくはずやった政治家としての道も断たれるんや、と。それならばいっそ、櫛田の死を利用するべきや、と――」

「櫛田を奈良県知事選まで生きていることにする。そして選挙戦の真っ最中にテロリストに誘拐され、殺害された政治家として世間にアピールする。そうすれば、あなたはその後継者として華々しく政治家デビューすることができますもんね」

「そんなことは現実的ではないと、俺は彼女に言ったんや！　そしたら、彼女はいきなり告白した。私は南条リリスではないと。柏木桃子というまったくの別人やと。そして、リリスに成り代わって成功するまでのいきさつを聞いているうちに――」

「自分も櫛田信正に成り代わって、高名な政治家になれると思い込んでしまった」

香取はそこで突然、まるで子供のように声を上げて泣き始めた。

「けれど、その柏木桃子に裏切られよったんやな」

吾川が続ける

「南条リリスは須崎サイドに寝返ったんやもんな——とするとあれか？　柏木桃子を殺したんは——」

捜査員全員の視線が香取に集まる。

「あの女、俺をはめやがったんや！　俺は彼女を信頼してたんや。自分の素性を暴露までして、誘拐事件計画を持ちかけよったんやから。でも、あれもすべて罠やった。そして彼女は須崎サイドに寝返り、誘拐事件の準備を着々と進めていた俺に言いよった。これまでのことを須崎に全部ばらすと。これで櫛田も俺も、政治家としては終わりやと——」

香取が叫び散らす。

「——柏木桃子は最初から、これが目的やったんや！」

私はそこで、須崎や佐古が語った桃子の言葉を思い出した。

「——彼女の口癖は『東京に復讐してやる』。それがいつしか、関西統合連盟が打ち上げた関西州構想と結びついた。そしてそれを阻止しようと動く櫛田さんの流派を止めるため、柏木桃子は巧妙に罠を仕掛け、あなたたちを自滅に追い込んだ……」

「せやで。それに気がついたとき、俺はもうすでに誘拐事件を仕掛けたあとで——後戻りはできひんかった」

「それで柏木桃子を口封じのために殺したんですね」

香取は泣きながらうなずいて見せた。

美玲が腕時計を確認し、捜査員に告げる。

「香取昭雄――五月二十二日午後十一時五十三分、櫛田信正死体遺棄及び誘拐偽装、並びに柏木桃子殺害容疑で、逮捕する」

美玲に手錠をかけられた香取は、どこかほっとしたような表情で私に言った。

「――原さん、どうしてわかったんや？」

「……え？」

「俺が櫛田を殺してへんことを。まだ遺体も出てへんのに――」

「墓石もないこの場所に、あなたが供えた仏花があったからですよ」

「……」

「あなたが櫛田さんを殺すほどに憎んでいたのだとしたら、わざわざ死体を隠した場所に仏花を供えたりしないでしょう。つまりあなたは櫛田さんをお墓に埋葬してあげられないことに罪悪感を抱いていた、ということです。だから、櫛田さんはあなたによって殺されたのではなく、あなたが隠し通さないといけないような困った死因で亡くなったんだと推理したんです」

それから約一時間後の午前一時。

当該の場所から、青いビニールシートに包まれた男性の腐乱死体が発見された。

スーツをまとっており、きちんとネクタイを締めた正装姿であった。

ジャケットの内ポケットから発見された名刺には、『櫛田信正』とあった。


その後、櫛田の別荘に再度捜索に入った捜査員から、私の警察手帳と吾川の拳銃が押収されたという一報が入った。奪われた拳銃が一発の発砲もない状態で奪還できたことをいちばん喜んでいたのは、県警本部から駆けつけた斎藤本部長だった。一報を聞きつけるなり、腰が砕けたような様子で椅子にもたれた。

「――これでなんとか法務省への栄転は死守できた、いうわけか」

吾川がつまらなそうにつぶやいた。

そして翌日――。

ようやく達也ら公安一課の香取への聴取許可が下りた。

柏木桃子殺害事件と櫛田誘拐事件の全貌は見えてきたが、問題はそこにどう背望会リクルーターが絡んできたのか、ということである。加賀美はいまだリクルーターの存在を恐れて供述を拒否しているため、香取が頼みの綱だった。

私は達也に同席して、取り調べ室に入った。香取は中分けの黒い髪を乱し、無精ひげ姿で疲労困憊《ひろうこんぱい》していたが、昨晩ほど取り乱す様子もなく、いつものように標準語で淡々としゃべっていた。

　達也が聴取の前に身分を明かすと、香取は少し妙な顔をした。

「――どうして警視庁の公安部が？」

「どうしても何も、あなた、背望会のテロリストと接触していたじゃないですか」

　香取はそこで、腰が浮くほど驚いて見せた。

「ちょっと待ってください！　じゃあ、高橋《たかはし》さんは本物のテロリストだったっていうんですか⁉」

　達也は「高橋というのはこの男のことか」と言って、リクルーターの顔写真を香取のほうへ滑らせた。

「はい――これはたしかに、高橋さんです」

　リクルーターは、私の前では鈴木を名乗っていた。達也の前ではかつて、田中《たなか》と名乗っていたらしい。そして今度は高橋か。

「高橋さんは私に誘拐事件の協力を申し出てくれて、身代金受け渡しも代わりにやってくれました。おかげで私はアリバイを作ることができた」

「そもそも、この男と接触したのはいつのことだ？」

「――四月下旬ごろのことでしょうか。櫛田の墓へお参りに行ったんです。といっても、私が参るのは櫛田家の墓地ではなく、実際に彼の遺体を埋めた場所です。村民に不審がられるといけないので、深夜の墓参りでした。そこへ、目がぎょろりとした小男と高橋さんが連れ立ってやってきました」

目がぎょろりとした小男とは、加賀美勇作のことだろう。加賀美が指紋を作る際、リクルーターは一緒に墓地へ赴き、庄原巡査の遺体の右手首を切断する作業を手伝っていたのだ。

最初の出会いは、偶然だったということか――。

「小男のほうは私に気がつくと、慌てて逃げていきました。あれは墓荒らしだったのでしょうか。スコップなどの道具をたくさん持っていましたから。しかし、高橋さんは逃げませんでした。そして無言でこちらに近づいてきたのです。私はあの、威風堂々とした迫力に圧倒されてしまって、動けませんでした。

高橋さんは、私が供えたばかりの仏花と、櫛田が愛飲していたワインが置いてあるのを見て、墓石も立ってない空き地に遺体が埋まっていることをすぐに見抜きました。私は最初、墓地を買う金がなくて、違法とわかっていてここに埋めたのだと言い訳しました。しかし、私が供えたワインが高級品でして――それを指摘されてもう、弁明の余地がありませんでした。

その場で私は、白状しました。櫛田という元村長が、人には言えないような無様な格好で死んでいたこと、それを隠すために埋葬したこと。そして櫛田の死を隠し、五月の県知事選に立候補させ、その最中にテロで殺されたように偽装するつもりだったと――。

高橋さんは話を聞いて、協力しようかと言い出したのです。驚きました。普通は警察に通報するでしょうから。どうしてかと尋ねると、自分は背望会について詳しいから力になれると思う、と言うんです。

金が目当てかとも思ったのですが、無償でいいと。――これは絶対何か裏があると思いましたが、秘密を知られた私には、ほかに選択肢はありませんでした。

彼は神出鬼没な男でした。こちらから連絡を取ることはできませんでしたが、一週間に一度くらいはふらりと現われて、いろいろとアドバイスをもらいました。

高橋さんは本当に親切で――県知事選に立候補届を無事出したときには、すべての計画はうまくいくものと思い込んで、喜び勇んで高橋さんに報告したものです。ところが、想定外のことが起こりました」

「柏木桃子が須崎サイドに寝返って、あなたを脅してきた」

「はい。そのことを相談したら、高橋さんは言いました。口を封じてしまうしかないですね、と――」

私は背筋が寒くなるのを感じた。

柏木桃子殺害を教唆したのは、リクルーターだったのだ。

「遺体を捨てる場所も、もしかして高橋に指示されましたか？」

私は思わず、前かがみになって尋ねた。

「はい。杉里地区なら集落に人はほとんどいませんし、熊穴があると。熊穴なら誰も近づかないから、隠し場所として打ってつけだろうと高橋さんは言いました。もしかしたら永遠に見つからないかもしれない、と……」

――リクルーターは、すでにそのとき加賀美と通じていた。加賀美が本物の南条リリスを囲っていたことを知っていたのかもしれない。彼は、南条リリスが柏木桃子の遺体を発見するように仕向けたのだ。そしてリリスが何かしでかすと読んでいたに違いない。

そして実際そうなり、捜査はおおいに混乱したのだ。

なんて男だ――。

「誘拐事件の演出はすべて終わりほっとしたところで、テレビのニュースでリリス、いや、柏木桃子の遺体が発見されたというのを見て仰天しました。私は遺体の服を剥いではいないし、顔を潰してもいません。どうしたものかと高橋さんを頼りました。彼は、死体遺棄犯が別にいることで、警察が私に目をつけることは逆になくなるだろうからラッキーじゃないかと言いました。

高橋さんとはそれで別れることになりました。何かお礼をしたいと言ったら、ほとぼりが冷めたら、足がつかないように警視庁に送り届けてくれと――あなたの警察手帳と拳銃を置いていきました」

私と達也は、そこで首をかしげた。

警察手帳はこの先、いくらでも犯罪に悪用できるし、拳銃はなおさらだ。そもそもリクルーターは大阪ミナミのカジノで上海マフィアから拳銃を一丁、買っているほどなのだ。持っていて損はないのに、なぜ一度取り上げたそれらの品々をわざわざ返却するのか――。

「香取さん、最後に一つ。誘拐の脅迫文を作ったのは、いったい誰ですか？」

「私が作って、高橋さんに送信してもらいました」

「〝スワン〟というのは、それじゃあ――」

「それは高橋さんのアイデアです。去年のテロの際、アゲハという黒幕がいたから、今回も何か黒幕を暗示するような名前をつけるべきだと」

〝スワン〟は存在しなかったということか――。

「見つかった遺体は南条リリスだと世間は思い込んでいるし、彼女が〝呪われたスワン〟と呼ばれた女性を演じようとしていたこと、その坂出コウという女性は海天村の村民なら誰もが知る悪女だったのでちょうどいいだろう、と」

おかしい。

私が奈良公園の猿沢池でリクルーターと対峙したとき、彼はたしかにこう言ったのだ。

スワンはいずれアゲハをしのぐ犯罪者になる、と……。

リクルーターが期待を寄せる〝スワン〟が目の前にいる香取だとは、どうしても思えなかった。

それとも、リクルーターのあの言葉もまた、捜査を攪乱《かくらん》するためのただの戯《ざ》れ言《ごと》だったのだろうか。

三十分の聴取を終え、取り調べ室を出た達也が、ふと私につぶやいた。

「結局、今回の事件を通して、リクルーターは何がしたかったんだろうな」

窓の外はすでに薄暗くなっていた。連日晴天が続いていた海天村だったが、雲がどんよりと立ち込め、大粒の雨が降り始めている。

「——彼、本当に背望会のテロリストなのかしら？」

私はいつだったか吾川がつぶやいたこの疑問を、達也にぶつけてみた。

「当たり前だろう。テロリストだから、去年の連続テロの際はアゲハを黒幕に仕立て上げた。もしかしたら香取の偽装誘拐に便乗して、本当に身代金五千万を奪うつもりだったのかもしれない」

「でも彼は一円も持っていかなかった。しかも、私から奪い取った拳銃は返ってきたわけだし」

　私がそう言うと達也は思案するような表情になり、首を横に振った。

「何が目的なのか、何がしたいのか——今回の事件で、あいつの目的がさっぱり見えなくなったことはたしかだな」

　事件はほぼ解決したというのに、なんとなくすっきりしない気分が残る。この窓の外の雨空みたいに——そう思って私はまた廊下の窓から外の景色を見下ろした。

　すると、雨のなか、一人の男が傘もささずたたずみ、建物を見上げているのが見えた。

　有栖川だった。

「——何してるの？　あの人」

　達也が振り返り、答えた。

「ああ、有栖川か。リリスを待っててんだろ。いま五條病院からこっちに移送されて、聴取されてる。明日じゅうには死体遺棄容疑で送検されて、検察に送られるらしい」

　ひと目、妻に会いたい。そういう気持ちで、雨のなか立っているのだろうか——。

　そこで小会議室の扉が開いた。女性刑事に連れられて、リリスが姿を現わす。リリスはすぐに、外に立つ有栖川に気がついた。

　二人はしばらく、ガラス越しに無言で見つめ合っていた。何かを確かめ合っているかのように見えた。

七年ものあいだいっさい連絡を取り合っていなかったのに、『初めてキスした日のことを、覚えていますか?』というあのメッセージだけで二人は再会を果たしたのだ。

私は有栖川が取り調べ中に力強く語ったひと言を、思い出した。

「彼女ともう一度やり直したいと強く願っている。だから、離れていても、彼女が何を考えているのかよくわかる」と――。

「……なんか、夫婦って、すごいね」

思わず私はつぶやいたが、達也は残念そうにため息をついた。

「七年ぶりの再会だったのにな。――リリスは実刑を食らうだろうから、この先何年かも、こうしてガラス越しに相対することしかできないんだな、あの二人は」

ふと私は踵を返し、帳場のある大会議室へと駆けていった。

美玲はそこで、黙々とパソコンのキーをたたいていた。明日に控えた記者発表の内容をパソコンに打ち込んでいるようだ。隣には斎藤本部長が座っている。

「嵯峨さん!」

美玲は振り返り、私を見た。しかし興味なさそうにまたパソコンに戻り、言った。

「警察手帳の返却はまだやで。明日いっぱいかかるかもしれへん」

「そうじゃなくて、お願いがあります!」

美玲がようやく、私の顔をのぞき込んだ。

「なんやねん、そんなに慌てて――」

「リリスをひと晩だけ、有栖川と一緒に過ごさせてあげられませんか？」

いち早く反応したのは、斎藤本部長だった。

「何をバカなことを言っているんだ！　彼女は死体損壊及び遺棄容疑で逮捕状が下りていて、もうすぐ起訴されるんだ。釈放なんてできるはずがない！」

「釈放しろとは言ってません！　ただ、ひと晩だけでも夫と二人で、警察の監視下のもとで――。なんとかなりませんか？　彼女は凶悪な犯罪者じゃないですよね？　しかも七年ものあいだ加賀美に監禁されていた被害者でもあるんです。ようやく解放されたというのに、またすぐに今度は留置場だなんて――」

「ダメなものはダメだ！　これは規則だ！」

斎藤本部長が言語道断だと言い放ったが、美玲は目をそらし、少し考える素振りを見せた。私は美玲に向かって続けた。

「嵯峨さん、せめてひと晩だけでも――」

「それたしかに、いい案かもしれへんで」

助け船を出してくれたのは、帳場で裏づけ捜査を手伝っていた吾川だった。

「この役場に正規の留置場はないんやし、分庁舎には残念ながら、留置場は二つしかあらへん。そこに入るべきは当然、加賀美と香取やろ。そうなるとリリスは、役場の空いている部屋かどこかで女性捜査員をつけて、雑魚寝させるしかない」

「それだったらどこか空いている宿で、有栖川とひと晩一緒にいさせても同じじゃないですか？」

美玲は迷っている様子で、キーボードに置いた指を丸めて、拳を握り締めた。

「規則違反だ。ダメだ！」

斎藤本部長が口を挟む。

「お願いします！　見張りが必要なら、私がひと晩張りますので、お願いします！」

ふと美玲は大きなため息をつき、斎藤本部長を振り返った。

「ま、そう固いこと言わへんでもええんやないの？　リリスは凶悪犯ではないし」

斎藤本部長はすぐに言い返そうとしたが、「何か、私に言いたいことでも？」と美玲が返すと、口を閉ざした。そしてまた「いたたた……」と胃を押さえて、胃薬をポケットから出した。

「しかし、有栖川夫妻を一泊させてくれそうな宿、あるんかいな」

美玲の問いに、吾川がぽんと手をたたいた。

「それなら任しとき。民宿かねまるや」

午後十時。リリスの取り調べが終了した。

私と吾川は聴取官からリリスの身柄を引き受け、車に乗せた。

彼女は車に乗るとすぐ、首に巻いていたストールを頭にすっぽりかぶって、右側のケロイドを隠した。

「大丈夫や。この車、スモークはっとるさかい、マスコミが来よっても顔は見られへん」

リリスは恥ずかしげにうつむく。

「あんたを診察した五條病院の医者が言うておったで」

吾川が車を運転しながら言う。

「ちゃんと形成外科で治療すれば、顔のケロイドは目立たなくすることができるよってに」

「……」

「ただ、手のひらのほうはちょぃと難しいと言うておったな」

リリスは小刻みにうなずきながら、答えた。

「――ええ。これは無理だと医者から言われたことがありますから。米国の有名な形成外科医にまで見てもらったんですけど、手には神経が集中しているから、移植手術ができないと――」

私はリリスを振り返って尋ねた。

「いつの間に米国の形成外科医へ?　手のひらのケロイドって、加賀美につけられたものじゃないの?」

リリスははっとして、言った。

「いえ、これは——子供のころ負った火傷なんです。手のひらなのであまり目立ちませんけど、強く開いたりすることはできなくて」

「大丈夫や」

吾川が穏やかな調子で言った。

「あんたが取り調べ受けとるあいだ、有栖川監督は、それはそれは忙しそうにしておったで。いろんなところに電話かけてな、日本一の形成外科医を探すのや言うて——。あんたはええ夫を持ったもんやの」

リリスはそれを聞き、口元を緩めてうつむいた。

車はやがて、下野地の山瀬の吊り橋付近にある民宿かねまるに到着した。

その二〇四号室では、見張り役の曽根刑事とその相棒が待ち構えていた。

そしてリリスが泊まる二〇三号室には、有栖川が待っている。

公営駐車場で車を停め、民宿の前まで歩いた。雨はやんだものの強風で、吊り橋は激しく揺れていた。吊り橋の入り口は封鎖されており『悪天のため通行止め』の看板が出ている。

　私はリリスを民宿の二〇三号室まで連れていき、部屋をノックした。顔を出した有栖川を見て、リリスは無言でその胸に顔をうずめた。

「今晩ひと晩だけだけど」

　と言って、私はリリスの手錠を外した。

「特別のご配慮、ありがとうございました」

　有栖川が言うと、二人は合図したかのようにそろって深く頭を下げた。

　私と吾川は見張りの曽根刑事たちに挨拶をして、民宿を出た。公営駐車場を歩きながら、宿を手配した吾川に問う。

「だけど、いくらお金が好きだからって、かねまるのご主人、よく宿泊ＯＫしてくれたわよね。殺人犯ではないけど、リリスはいちおう犯罪者なわけだし」

「だからハラマキちゃん、金やで、金。逮捕された有名女優・南条リリスが最後に泊まった部屋なんてマスコミに言うたら、その晩からマスコミ関係者が民宿に押し寄せて宿を取るやろ」

「なるほど」

　私たちは駐車場へと戻った。吾川が「しょんべん行ってくるわ」と言って、入り口脇の男子トイレに駆け込む。先に鍵を受け取り、一人車のほうへ戻ると、黒い覆面パトカーが吾川の車のそばに停車しているのが見えた。運転席にいたのは美玲だった。

私は美玲の座る運転席の外に立ち、頭を下げた。

「――本当に、ありがとうございました。無事済みました」

「ならよかった。ちょっと心配やったんや。手錠外した途端に逃亡せえへんかと」

美玲は言いながら、エンジンをかけた。そして続けた。

「警察手帳の精査、終わったいう話やで」

「え？」

「もうあんた、東京帰ってええわ。事件も解決したしな」

「――そう、ですか。いろいろと、ありがとうございました」

私はまたあらためて頭を下げた。一度はハンドルを握った美玲だったが、なぜかギアをもとに戻し、エンジンを切った。

そして美玲は私を見上げ、おもしろそうに言った。

「――ねえ。あんた、初めて旦那とキスした日のこと、覚えとる？」

唐突な質問に、私は美玲をまじまじと見つめた。

「……まあ、覚えてますけど」

美玲はふうっと柔らかい笑みを漏らした。事件のあいだじゅう、一度も見たことがない、女性らしい素顔だった。

「羨ましいな。あんたはちゃんと、女の子なんや。だから、刑事と妻とを両立できるんやと思う。私はね、まったく覚えとらんのよ。別れた夫との初めてのキスがどんなだったか……。場所もシチュエーションも、曖昧でな」

「……」

「せやけど、完璧に覚えていることが一つある。夫と初めてキスした日に起こった事件や。そして、その事件の詳細もよう覚えとる。痴情のもつれから起こったありふれた男女間の殺人事件やったんやけどな。……夫にプロポーズされたときもせやった。どんな言葉やったんかこれっぽっちも覚えとらん。せやけど、そんとき捜査しとった強姦事件の犯人の供述は、よう覚えとんねん」

私はつい、笑ってしまった。そして、ちろりとにらまれて、すぐに口を閉ざした。

「——せやから私は、離婚したんや」

「え？」

「有栖川のあのCM見てな。あらためて『初めてキスした日のことを、覚えていますか？』と問われて気がついたんや。私は夫との思い出を何一つ覚えとらん。せやのに、そのとき担当していた事件の詳細はしっかり覚えとる。それは、刑事として正解でも、夫婦としては妙なことなんちゃうかな、と思い始めてな。私に刑事という仕事は絶対必要やけど、結婚生活というものはいらんのちゃうかなぁと気がついた。そしたら夫と一緒におるのがバカらしいなってな。それで、離婚したんや」

「――でも、本当は夫婦の絆《きずな》を信じているんじゃないですか？」

私の言葉に、美玲は不思議そうに首をかしげた。

「だって、リリスと有栖川がひと晩一緒に過ごすことは許可したじゃないですか。それは、夫婦の絆とか温かさを信じているからだと思いますよ」

美玲は少し耳を赤くして、何か反論しようとした。しかしそこへ「お待っとやったなぁ」と吾川がトイレから戻ってきた。美玲はあらためてエンジンをかけると、「じゃあね、もう会わんと思うけど」と言って、公営駐車場を走り去っていった。


私は奈良県警鑑識課の課長からじきじきに警察手帳を返却された。

ほっとしたのもつかの間、東京に戻ったら上司の叱責と処分が待っているかと思うと、気が滅入った。

とにかく、東京に戻る準備をしなくてはならない。

私は奈良滞在中に手に入れたあらゆる捜査資料を片づけるため、役場一階の事務所のシュレッダーを借り、薄暗い室内で一人作業をしていた。

たったの一週間弱の滞在だったが、たくさんの事件が起き、そのすべてが複雑に絡み合っていたせいだろう。捜査資料は膨大だった。

あまりの量に、きちんと目を通せていないものもあった。達也が送ってくれたリリスの両親の『墨田区夫妻無理心中放火事件』の調書などだ。

それから、柏木桃子が所属していたAV事務所の佐古からも、柏木桃子に関する資料が宅急便で届いていた。パスポートや手帳の類いが入っている。それらもちゃんと目を通していなかった。

せっかく手配してもらったのにと、なんとなく申し訳ない気持ちがわき、私は柏木桃子のパスポートをぺらぺらとめくってみた。

出入国記録は一カ国のみだった。十年前の六月七日、米国LAでの査証も同日。米国出国はその一カ月後の七月十日、成田での入国記録は七月十一日になっていた。

十年前の、六月七日――。

この日付に見覚えがあった。ついさっき、これと近い日付を見たような――。

私ははっと気がついて、山のような資料をかき分けた。

『墨田区夫妻無理心中放火事件』の調書のファックスを手に取る。

発生日時は十年前の六月六日になっていた。その翌日に柏木桃子が一カ月ものあいだ渡米している。

――これは偶然か？

私は柏木桃子の十年前の手帳を探し、当該の日付を指で追っていった。すると、渡米していたはずの六月七日から七月十一日まで、みっちり仕事が入っていた。しかも日本でだ。

私はすぐさま役場の電話を拝借し、佐古の番号に電話をかけた。佐古がすぐに出たので、私は畳みかけるように問いかけた。

「十年前、柏木桃子は仕事を一カ月休んで渡米していますよね?」

佐古もよく覚えていたようで、「あぁ、あれは本当に困りましたよ。突然だったんで」と事情を説明した。

「仕事の予定はみっちり入ってたのに、アメリカにいる親戚のおばさんが危篤だからしばらく渡米するって」

「アメリカに親戚なんて、いたんですか?」

「いない、いない。何があったのか知らんが、嘘に決まってる。そもそも危篤になって面倒見てやるような親戚がいるなら、モモはAVになんて体を売らないで、最初から渡米してその親戚に面倒見てもらえばよかった話でしょう」

たしかにそうだ。

「そして、一カ月後の七月十一日には戻ってきた」

「ああ、ひょっこりな。申し訳なかったと深々頭下げて——」

「もしかして、そのころからじゃないですか? 柏木桃子の羽振りがよくなったのは」

「え？」

「マンションを買ったのは、そのあとじゃないですか？」

「ええとあれはたしか、桃子が二十一のときだ。突然渡米しちまったのが二十歳のときだったから、まあ、たしかにそのあとだな。しかしなんでそんなことを？」

「ありがとうございました！」

私は一方的に電話を切り、捜査資料をがばっと抱きかかえ、帳場のある二階へと走っていった。帳場に飛び込み、吾川の姿を探す。吾川はあくびをしながら始末書を書いていた。

「吾川さん！　ちょっと南条リリスについて、気になることが出てきたの。お願い、一緒に来て手伝って！」

「なんやねんな。いったいどこ行くねん？」

「加賀美の家！　いますぐ確認したいことがあるの！」

加賀美の自宅へ行く道中、私は無理心中事件の捜査資料に再度目を通し、担当した所轄署である墨田東署に電話をかけた。

もう十年近く前の事件だが、当時のことを記憶している捜査員がいないか、電話に出た事務員に確かめる。長い保留音のあと、ようやく一人の刑事が電話を取った。

所属と名前を言ってから要件を伝えようとすると、電話の刑事は言った。

「あんた、例の、本庁の女秘匿捜査官だろ？」

「え？」

「なんだよ、今度は十年も前の事件調べてんのかよ。あははは、やり手だねぇ」

「あの……」

「で、なんだよ聞きたいことって。俺、担当してたから覚えてるよ」

相手が協力的な刑事だったことにほっとしつつ、私はさっそく尋ねた。

「無理心中をした夫婦の娘である南条リリスの取り調べについてですが、何か変わったこととかって――」

「いや、とくに不審な点はなかったよ。両親を突然失って、放心状態で、しばらく何もしゃべれなくてね。彼女、あのころは大根役者で有名だったからね。あれがもし演技だったら大根呼ばわりされるわけないと思ったし――」

「彼女、両手のひらに火傷を負ってませんでした？」

「火傷？　まさか！　負ってたら即、容疑者ってことになるよ。あの無理心中事件は、やりようによっては他殺とも考えられる状況だった。妻のほうは刺殺だったけど、父親のほうは灯油を全身にかけての焼身自殺。その火が延焼して自宅も証拠品も全部焼けた。近親者のなかで火傷負ってるやつがいたら、まず間違いなく事件に関係してるんじゃないかと疑われるだろ」

「ありがとうございました！」

私は電話を切り、吾川に向き直った。

「加賀美の家、急いで！」

「もう着くで。しかし事情を説明してくれや。あんた、いったい何を調べとんのや」

「南条リリスの両手のひらよ。さっき車のなかで、手のひらのケロイドは加賀美につけられたものじゃなくてその前に負ったものだと本人が言ってたでしょ。しかも米国で治療をしたけど治らなかったって」

「おう。それがどうしたんや」

「柏木桃子のパスポートを偶然見たのよ。桃子はリリスの両親の無理心中事件のすぐ翌日、米国に出国し、一カ月ものあいだ滞在しているの」

やがて杉里地区の加賀美の自宅に到着した。

そこはまだ封鎖線が張られ、山越巡査が立ち番していた。挨拶するのも忘れ、私は吾川に推論を展開しながら封鎖線のなかへ入った。

「リリスの両親の無理心中は、最後に火が放たれているのよ。母親は刺殺、父親は自身の体に灯油をかぶってライターで火をつけたと思われる、って。もしこれが他殺だとしたら、犯人が火傷をしていてもおかしくないわよね？」

「せやったら、当時の担当刑事が取り調べの最中に気がつくやろ」

「でも彼は気づいていなかった」

「さっきの電話の刑事か？　せなら、リリスの火傷は事件とは関係ないやろ」

「取り調べを受けていたのが、柏木桃子のほうだとしたら？」

　吾川が絶句して、立ち止まる。

「もうそのときから二人は、入れ替わりを繰り返していたのだとしたら？」

「そんな……」

「そもそも無理心中事件の当日、リリスには撮影中という鉄壁のアリバイがあった。だけどこれも——柏木桃子が成り代わっていたのだとしたら？」

「そらまた……」

「柏木桃子は無理心中事件の翌日から突然、一カ月も仕事をキャンセルして渡米しているのよ。でも実際に渡米していたのが南条リリスのほうだったとしたら——？」

「そんな、バカな……」

「柏木桃子はある時期から非常に羽振りがよかったって、佐古が言ってた。実際、柏木桃子がマンションを現金で買ったのも、無理心中事件の翌年のことよ。それが、アリバイ作りに協力し、自分の身代りに警察の取り調べを受けてくれた南条リリスからの報酬だったとしたら？」

「――で、ここで何を調べる言うんや」

「リリスがデビューしてからの掲載雑誌や出演番組のすべてが、この『南条リリス部屋』にはあるのよ。無理心中事件のあととその前の、リリスの手のひらの写真を確認して！」

「よし、わかった！」

吾川がしらみ潰しに雑誌をめくる。私はテレビ番組を録画したものを確認しながら、リリスのマネージャーに電話をかけ、手のひらの火傷についての事情を尋ねた。ところが、そのころから担当マネージャーが三人も変わっているので、当時のことはわからない、という返答だった。

「しかし、ハラマキちゃんの言うとおりやとすると、南条リリスはとんでもない猫かぶりちゅうことになるで。自分の両親を殺しておいて、身代わりに柏木桃子に大金を払って〝南条リリス〟を演じさせ、自分は柏木桃子のパスポートで高飛び。ほとぼりが冷めたころ、つまり火傷が治ったころに日本に戻ってくるなんて――」

「か弱い女の子を演じていたけど、そのツラの下は相当凶暴で狡猾《こうかつ》ということになる。もしかしたら、今回の事件も何か――」

そう言ったところで私は、自分自身がつい数時間前に非常に大きな間違いを犯したかもしれないことに気がついた。思わず吾川の腕をつかむ。

「――大丈夫かしら」

「え？」

「そんな、実の両親を無理心中に見せかけて殺すほどに凶暴かもしれない女を、一度は彼女を見捨てた有栖川と二人きりにして……」

一瞬の沈黙のあと、すぐに吾川は立ち上がった。そして車に戻りながら、携帯電話で曽根刑事に連絡を取る。

「吾川や！　ちょっと事情が変わった。大至急、リリスと有栖川を引き離してくれ！いま俺たちもそっちに向かう！」

加賀美の家を出て急いで車で民宿に向かう途中、もう一度曽根の携帯電話にかけたが、電話はつながらなかった。すると後方からパトカーが数台サイレンをけたたましく鳴らし、次々と吾川の車を追い越していった。吾川は強引にパトカーに車を寄せ、運転席の窓を全開にして叫んだ。

「何があったんねんな！」

助手席に座っていた見覚えのある捜査員が、興奮気味に叫んだ。

「下野地の民宿かねまるの一室で、拳銃立てこもり事件が発生したんや！」

間に合わなかった――。

民宿かねまるの入り口に到着すると、現場は近所の住民や観光客で大混乱に陥っていた。

曽根刑事が、ランニングシャツ姿の民宿の主人とその妻を外に避難させている。入り口の引き戸のところでは、肩を撃たれた曽根刑事の相棒がうめいている。曽根が私たちを見て、叫んだ。

「ノックをした途端に、発砲音がしたんや！　なかに突入した途端に相棒が撃たれよって」

「誰が撃ってんねや⁉」

「わからん！」

そのとき――また一発、発砲音が民宿の二階から聞こえてきた。

その音を聞いた住民たちが悲鳴を上げて逃げる。曽根が叫ぶ。

「みなさん危険です！　早く建物のなかに、自宅に戻ってください！」

吾川は危険を承知で、民宿のなかに飛び込んでいった。

私も続こうとしたそのとき、ふと、強風で封鎖された吊り橋の入り口をふわりと飛び越える人影を見た。

男は封鎖の反対側に降り立った途端、こちらを振り返った。

――リクルーター！

私は慌ててその男を追いかけた。鎖をまたぎ、揺れる吊り橋の上をひたすら走る。

「待ちなさい！」

逃亡する男に向かって叫んだ途端、横板から足を踏み外した。ワイヤーの隙間に足を取られ、私は転倒した。足を隙間から外そうともがくと、吊り橋はさらに揺れた。吊り橋から落ちたら確実に死ぬ――。

ダメだ、また逃げられる。

そのとき、暗闇から一本の手がにゅうっと差し出された。

リクルーターだった。彼は私が足を取られたのを見て、戻ってきたのだ。

「――それ以上もがくと、落ちて死にますよ」

呆気にとられた私の腕をつかみ、リクルーターは私の身体を軽々と引き揚げた。

「もう追わないでください。慣れないあなたがこの吊り橋で僕を追うのは無理です」

立ち上がり、手錠をかけようとしたが、揺れる吊り橋の上で、私一人で彼を確保するのは不可能だった。

「――原さん、東京に戻ってください。スワンが待っている」

「待って！　スワンというのは架空の人物じゃないの？　香取はそう証言したわよ。違うの？」

リクルーターはあっという間に踵を返すと、また吊り橋を駆け出した。すぐに暗闇に飲まれて見えなくなる。

私はそのあとを必死で追いかけた。強風にあおられ、また足を踏み外しそうになった。そのたびに手すりのワイヤーにしがみつき、こらえる。

吊り橋を渡り切ったが、その先は真っ暗闇で、何も見えない。

また逃がした――。

その無念のなかで、私はリクルーターが再度託した言葉を反芻《はんすう》していた。

スワン――いったい誰のことを指しているのだ。

エピローグ

その後、応援の捜査員たちや達也ら公安一課の面々が百人体制で深夜の山をさらったが、とうとうリクルーターの姿は見当たらなかった。

民宿かねまるへと戻ると、前の道路は封鎖され、十数台のパトカーが集結していた。玄関の上がり框では、吾川が座り込んでため息をついていた。被害者に心肺蘇生を試みたせいだろう、その両手は血まみれだった。

吾川は私を見上げて、首を横に振った。私は返事をせず二階へと上がった。

リリスと有栖川がひと晩過ごすはずだった二〇三号室は、畳敷きの九畳の部屋だった。

そこは血の海と化していた。

部屋の真んなかに、銃弾を受けた有栖川が、驚愕《きょうがく》の表情で事切れていた。その傍らには薬きょうと、撃ち尽くしたトカレフが一丁、落ちていた。

リリスは顔面にまで飛び散った有栖川の返り血を拭うこともせず、手錠をかけられた状態でケタケタと笑っていた。

そして私を見るなり、言った。

「ありがとう、原さん。この男を殺すチャンスをくれて」

私は力が抜けていくのを必死にこらえながら、言った。

「有栖川にだけわかる暗号を柏木桃子の遺体の口に忍ばせたのは、彼に助けを求めるためじゃない。彼をおびき出して、殺すためだったのね？」

「そうよ。本当は、この男にこっそり助けに来てもらったところで殺す予定だったの。だけど先に警察が来ちゃったから殺すチャンスがまた先延ばしになったかと思ったんだけど――本当にありがとう」

「この拳銃は――誰から」

「加賀美のところへ来たお客さん。殺したい男がいるんだけど、拳銃を用意してほしいって前から頼んであったの。彼はこう言ったわ、用意しておくけど保管が難しいから、殺すチャンスが来たら連絡をしてくれと。そうすればその場で手渡す、と。それで、この部屋に到着してすぐに連絡した。彼はちゃんと拳銃を届けてくれた。誠実で優しい人よね」

「あなたの両親も――本当はあなたが殺したんじゃないの？」

リリスは深く息を吸うと、大声で言った。

「よくわかったわね！　そうよ、私がお母さんをメッタ刺しにして、びっくりしたお父さんに灯油をかけて、火をつけた。そしたら両手に火傷を負っちゃって。だから、アリバイ工作に使っていたＡＶ女優に五千万円追加で払って、火傷の治療が終わるまで南条リリスでいてほしいって頼んだの。まさかそのＡＶ嬢に、南条リリスの地位を七年も奪われるとは思ってもみなかったけど――」

「……なぜ殺したの？　両親も、有栖川さんも」

「だって――私のことを愛してくれないんだもの」

「……え？」

「両親は私じゃなくて、私が稼ぐお金を愛していた。それに気がついたから、殺してやったの。有栖川だって、私じゃなくて作品を選んだ。だから、柏木桃子と私が入れ替わってても知らんぷりしてたのよ。頭にきたから有栖川も殺すことにしたの」

私は強い目まいを感じて、民宿の外に出ようとした。

すると、部屋の入り口に美玲が立っていた。リリスの告白を聞いていたようだ。

美玲は私の姿をとらえると、無表情でつぶやいた。

「斎藤本部長、帳場で卒倒してもうたわ」

「……」

「私もあんたもお互い、無傷じゃいられんやろな――」

その日の深夜のうちに、直属の上司である警視庁鑑識課長から電話がかかってきた。

「明日の朝九時きっかりに、警視庁に出勤すること。監察がやってくる。事情を聞きたいそうだ。今度命令に背いたら懲戒処分だぞ」

命令に従い本庁に戻ったところで、私がしたことは刑事として懲戒処分に等しいものだった。

吾川からの無断拳銃貸与、それをリクルーターに奪われ、警察手帳も奪われ、そして最後にはなんの罪もなかったはずの一人の男の命まで奪われてしまった。私が奪ったも同然だった。

ふとリクルーターの顔が浮かぶ。

〝スワンがあなたを待っている〟

「――ハラマキちゃん？　大丈夫か」

ふいに吾川に声をかけられて、はっと我に返った。

吾川が私が座るベンチまで戻ってきて、隣にどすんと腰かけた。

京都駅の新幹線ホーム。午前六時。

東京へ戻るため、吾川が海天村から京都まで車を飛ばして送り届けてくれたのだ。

「ほら、弁当買ってきたで。お茶も入っとる。あとチョコレートも買っておいたで。おやつに食べたらええ」

「――ありがとう、すいません」

吾川がふうとため息をついて、独り言のようにつぶやいた。

「しかし、リリスのやつ……平気で人を殺しよるのなら、なんで自分の顔に硫酸かけて拉致監禁した加賀美は殺さへんかったんや」

「加賀美は何よりも自分を愛してくれていると思ったからでしょう。だから許せたのよ――。ゆがんでいるけど、筋は通っていると思う」

吾川が何も言わないので、こちらから言った。

「夫婦の絆なんて、そんなものなのよね、きっと」

「……え？」

「夫婦なんてもとは他人だもの。親子とか兄弟の絆はあるのかもしれないけど、しょせん夫婦って、なんというか、ほら、ダメなのよ」

うまく言葉が出てこない。

「……どうしてそんな、頼りないものにこだわっちゃったのかしら、私」

「……」

「……私自身がそれを、強く欲していたからかなぁ」

言いながら、ハハハと笑った。吾川も一緒になって、ガハハと短く笑った。

やがて、東京行きの東海道新幹線がするりとホームに滑り込んできた。

「じゃあ、本当にいろいろとありがとう」

私がそう言って立ち上がると吾川も慌てて立ち上がり、私の腕を遠慮がちにつかんだ。吾川の顔を見上げると、吾川は言った。

「——奈良を、嫌いにならんといてな」

「……え？」

「いや……奈良県って聞くたびに、今回のいやな事件のことを思い出すのはちょっと悲しいことやと思うてな」

吾川のどこか寂しそうな、唇をすぼめた顔を見て、私は答えた。

「大丈夫。奈良って聞くたびに、吾川さんのことを思い出すわ」

無理に笑ったら、吾川はとても悲しそうな顔をして、「せやな」とだけ答えた。そして「無事帰れよ」とつけ加え、新幹線の入り口のほうへと私の背中を押した。

東京に戻った私は、警視庁で朝の九時から午後八時までみっちりと監察官の聴取を受けた。

いっそのこと、すべての責任を取ってここで辞表を出すべきかもしれないとすら思い詰めていた。

もし、警察を辞めたら——私は専業主婦になるのだろうか。

毎日家族の誰よりも早く起きて、家族の食事を作り、菜月のお弁当を作り、菜月と手をつないでバス停まで送りに行き、洗濯をして掃除をして――。

それがこれからの私と家族にとって、ベストな選択かもしれない。

この一週間、事件を追う傍らで、私は夫と菜月のトラブルにもほとんど介入しなかったし、正直逃げていた。

事件のことで頭がいっぱいだったし、健太がなんとかしてくれると期待していた。最後にいつ家族と電話で話をしたのかすら、私は覚えていなかった。

しかも、家族を放置してまで奔走した事件でも、大失態を犯した。

もう、潮時かもしれない。

しかし、あの言葉がどうしても引っかかる。

「原さん、東京へ戻ってください。スワンが待っている――」

スワンの正体を暴き、あいつを逮捕するまでは――。

夜八時にようやく解放され、鑑識課の同僚たちに今回の事態を深くお詫びをし、警視庁を出た。ようやく調布の自宅に戻ったときには、午後十時になろうとしていた。

重い気持ちで「ただいま」とドアを開けると、意外にも、リビングには温かで平和な光景があった。

健太がキッチンに立ち、アイスクリームをガラスの小皿に取り分けている。菜月はお風呂上がりらしく、髪をぬらして肩からバスタオルをかけ、ワクワクした様子でアイスを待っている。

「あ、ママ」

「あれ麻希ちゃん、お帰り」

二人はこれまでとなんら変わりない様子で、私の姿を見ると笑顔を見せた。

「いつ東京戻ったの？　言ってくれれば迎えに行ったのに。疲れてるでしょ」

健太が言った。菜月はいつもの調子で言う。

「やぁだママ、すごいよ、目の下のクマ」

「……パパは？」

二人に問うと、健太と菜月はそれとなく目を合わせ、健太が答えた。

「仕事だよ。昨日も帰ってこなかったし。また忙しくなったみたいよ」

菜月はその言葉を無視するように、アイスクリームをスプーンですくって食べた。

私は深くため息をついた。健太が慌てて、私にそっと耳打ちする。

「警護の件なら問題ないよ」

「え？」

「お父さんが手配したらしい公安の刑事さんが、家の前で見張っててくれてるんだ」

「……いつから？」

「二日くらい前から、かな」

「自分で仕事休むって言ってたのに……結局、逃げたのね」

「いや、親父は身を引いたんだと思うよ」

「え？」

健太はどこか残念そうに言った。

「切ないよね、なんか。僕にとってもなっちゃんにとっても、あの人は本当の父親なのに——妙な感じがするんだよね。親父がここにいると息が詰まるというか」

「……」

「親父はたぶん僕たちのそういう空気を敏感に感じ取ったんだと思う。だから仕事に戻ったんだよ」

私は無言でアイスクリームを食べる菜月の隣の椅子に座った。そして、洗い立ての香りがする髪の毛をそっとなでる。

「いい子にしてた？」

「もちろんよ」

「——うそ」

「え？」

「パパにずっと気を遣っていた、心優しいなっちゃんはどこへ行ったの？」

菜月の桃色の頬を優しくつまみながら、半分笑って私は言った。

菜月は目をそらし、アイスクリームを黙ってつつく。

「携帯見られたくらいでそんなに怒って、パパ困らせて──」

「……」

「パパはなっちゃんのこと、すごく心配してるのよ。心配しすぎて、だからつい──」

「あのさ」

菜月はクールな表情で、私の言葉をきっぱり遮った。そして、言った。

「あの人って、本当に菜月のパパなの？」

食器洗いを始めた健太が、驚いて菜月を振り返った。

「なっちゃん。どうしてそんなひどいことを言うの？」

「だってあの人、無理してるんだもん」

「無理って？」

「菜月のことなんてべつにどうでもいいくせに、どうでもよくないようなふりをしてるの」

「そんなことないよ」

「だって菜月、パパの携帯電話の番号、知らないよ」

「……」

「パパだってわたしの番号、知らないんじゃない？　一度もかかってきたことないし」

「知りたいなら、パパに聞けばいいじゃない」

「聞かないと教えてくれないの？」

「……」

「本当のパパなのに？　変だよ、絶対」

返す言葉が見つからなかった。

夫は娘に対して遠慮がある。けれどそれを克服しようと急ぐから、空回りする。

そして菜月もまた、父親に対して遠慮がある。

当たり前だ。

母親である私が、彼女の父親に遠慮があるのだから――。

空白の七年を、どうしても越えられない。

その空白をいまさら埋めようとしても、たぶん、無理なのだ――あの夫婦がそうだったように。

しかし、私と夫はしょせん他人でも、菜月と夫は血がつながっている。

まだ修復の余地は残っているはずだ。

私は、溶けてしまったアイスクリームをスプーンですくったりこぼしたりしている菜月の肩を抱いて、言った。

「それじゃ、いまからパパの携帯電話に電話しよ」

私は電話機の横に差してあったアドレス帳を取り出し、夫の携帯番号をめくった。

「この番号よ。かけてごらんなさい」

菜月は動かない。私は強引に、ダイニングテーブルの片隅に置いてあった彼女のピンク色の携帯電話を手に取った。

「なっちゃんがかけないなら、ママがなっちゃんのふりしてパパに電話しちゃうから」

わざといたずらな調子で言うと、菜月は少し慌てて、携帯電話を取り返そうとした。

「ちょっと、やめてよそんなこと――」

菜月の携帯電話を開く。ふと待ち受け画面を見て、私は違和感を覚えた。

つい先日まで待ち受け画面は子供向けファッション雑誌の人気モデルの画像だった。それがいまは鹿の親子の写真に変わっていた。親鹿のほうは池のほとりで休んでいて、その近くでは仔鹿が草を食んでいる――。

私は思わず叫んだ。

「ルーペ！　健太、ルーペを持ってきて！」

「ルーペって？　どうしたのさ、突然」

「虫眼鏡でもなんでもいいから、早く！」

「そんなものあったかなぁ。たしか、なっちゃんが一年生のときに使ってたのが

「……」

健太は和室に入り、押し入れのなかから子供用の赤い縁のついた小さなルーペを持ってきた。菜月は戸惑った様子で、私と健太を交互に見つめている。

私はルーペを引ったくり、待ち受け画面のなかの、親鹿の耳についた番号札をのぞき込んだ。

――五十八。

私は悲鳴を上げて、思わず携帯電話を落とした。

健太が慌てて駆け寄ってきて、震える私の体を支える。

「麻希ちゃん、いったいどうしたの⁉」

「……背望会のリクルーターが！」

健太の顔色が変わる。

私の反応を見て、菜月が不安げな様子で私を見上げた。私は菜月の肩を思わず揺さぶる。

「この鹿の親子の写真、誰からもらったの⁉」

菜月はとっさに視線をそらす。

「菜月が最近よく電話とかメールしてた、彼氏？」

菜月は小さな口をきゅっと結んで、うつむいた。頬を少し、赤らめる。

「彼氏、じゃないよ。だって、年が離れすぎてるから」

「それじゃ……パパを取り替えたいって言ってたのは……その人とパパを取り替えたいっていうことなの？」

菜月は突然、必死の様子になって私の腕をつかみ、訴えた。

「だって、やさしいの。すごくやさしいの。パパとけんかしたときも電話かけてきてくれて、ちゃんと菜月の話を聞いてくれた」

「……」

「本当のパパがこの人だったらって、いっつも思う。本当のパパには悪いけど」

「その男の人はどんな顔をした人なの？　何歳くらいの人？」

「……ママと同い年くらいの人。とっても背が高いの。一緒におしゃべりしていると首が痛くなるでしょうって言って、いつもしゃがんでおしゃべりしてくれるの」

「体の大きさは？」

「とっても大きい。パパや健ちゃんより背がたかい」

「顔は？　どんな顔してるの」

菜月が頬を赤らめて、どこかうれしそうに説明をし始めた。

「とってもかっこいいの。鼻が高くて、目もぱっちりしてて、だけど右目のところに傷があるの」

――右目の色素沈着。

「顔に、ホクロとかは――」

「おでこの真んなかあたりに、大きなホクロがあるわ」

「パパが携帯を見たのをあんなに怒ったのは、そのおじさんと電話したりメールしたりしてたのを、秘密にしたかったから？」

　菜月は目をそらしながら答える。

「……お父さんとお母さんには内緒だよって、おじさんから言われてたから」

「おじさん、名前はなんて言うの？」

「渡辺《わたなべ》さん。下の名前は知らない」

「菜月のことは、そのおじさん、なんて呼んでるの？」

「……スワンちゃんって。おじさんがつけたあだ名で呼んでる」

　声が震える。それでも私は必死に声に出して、娘に問うた。

「その名前には、どんな意味が？」

「スワンっていう名前には、将来大きくなったときに、とてもすごい女の人になるっていう意味があるって、おじさんが――」

　私はそれ以上言葉を続けられず、菜月を強く抱き締めた。

　日本近代史初の女性死刑囚、坂出コウ、通称〝呪われたスワン〟。五人の人間を私利私欲のために殺し、最終的に自身の罪を告発した母親を、惨殺した。

——母親殺し。

そうか、リクルーターは将来菜月に母親である私を殺させようとしているのか——。

涙があふれてくる。菜月は戸惑い、体を硬くしている。

菜月はなんの事情も知らず、背望会リクルーターを慕っている。

菜月の小さな心にそんな隙間を生じさせたのは、母親である私の責任だ。

子供は勝手に育ってくれると、都合よく信じていた。小さな問題は健太が解決してくれると、都合よく考えていた。

そうやって私はこの八年間、刑事を続けてきた。

両親の不在——。

そして、親代わりだった健太は最近、パン屋の彼女に恋をして、気もそぞろになっている。

菜月は、寂しかったに違いない。

その菜月の心の隙間に——あの男が、入り込んでしまったのだ。

刑事でいることの限界が、確実に近づいてきていた。

この物語はフィクションです。実在する人物、団体等とは一切関係ありません。

〈参考資料〉

『鑑識の神様』9人の事件ファイル』須藤武雄・監修　二見書房
『もう二度と死体の指なんかしゃぶりたくない！』デイナ・コールマン　バジリコ
『民族小事典　死と葬送』新谷尚紀／関沢まゆみ・編　吉川弘文館
『日本の森あんない　西日本編』石橋睦美　淡交社
『生まれる地名、消える地名』今尾恵介　実業之日本社
『日本の鳥550　水辺の鳥』桐原正志・解説　文一総合出版
『実録戦後女性犯罪史』コアマガジン

吉川英梨（よしかわ・えり）
1977年埼玉県生まれ。米テンプル大学日本校教養学部政治学科中退。出版社に勤務したのちアメリカへの語学留学、インドでの国際協力活動を経て帰国。
『私の結婚に関する予言38』にて「第3回日本ラブストーリー大賞」のエンタテインメント特別賞を受賞し、2008年デビュー。著書に『私の結婚に関する予言38』、『アゲハ　女性秘匿捜査官・原麻希』（ともに宝島社文庫）がある。

宝島社
文庫

スワン　女性秘匿捜査官・原麻希
（すわん　じょせいひとくそうさかん・はらまき）

2011年9月20日　第1刷発行
2012年6月11日　第2刷発行

著　者　吉川英梨
発行人　蓮見清一
発行所　株式会社 宝島社
〒102-8388　東京都千代田区一番町25番地
電話：営業 03(3234)4621 ／編集 03(3239)0400
http://tkj.jp
振替：00170-1-170829（株）宝島社
印刷・製本　株式会社廣済堂

ISBN978-4-7966-8414-9